U0051662

喜歡韓國文化的人都適合閱讀！

～在當地吃得開！～

用韓國文化 學韓語

著──趙楨順・朴娜英・丘多慧
譯──陳彥樺

附韓文音檔 QR Code

笛藤出版

～在當地吃得開！～
用韓國文化
學韓語

在當地吃得開！用韓國文化學韓語/趙楨順, 朴娜英, 丘多慧著；
陳彥樺譯. -- 初版. -- 臺北市：笛藤出版, 2022.07
　　面；　公分
譯自：이야기가있는한국어한국문화
ISBN 978-957-710-863-0(平裝)

1.CST: 韓語 2.CST: 讀本

803.28　　　　　　　111010899

2022年8月25日　初版第一刷　定價400元

著者	趙楨順・朴娜英・丘多慧
譯者	陳彥樺
總編輯	洪季楨
編輯協力	江品萱
美術編輯	王舒玗
編輯企劃	笛藤出版
發行所	八方出版股份有限公司
發行人	林建仲
地址	台北市中山區長安東路二段171號3樓3室
電話	(02) 2777-3682
傳真	(02) 2777-3672
總經銷	聯合發行股份有限公司
地址	新北市新店區寶橋路235巷6弄6號2樓
電話	(02)2917-8022. (02)2917-8042
製版廠	造極彩色印刷製版股份有限公司
地址	新北市中和區中山路二段380巷7號1樓
電話	(02)2240-0333. (02)2248-3904
郵撥帳戶	八方出版股份有限公司
郵撥帳號	19809050

이야기가있는한국어한국문화
Copyright ⓒ Cho Jung-soon, Park Na-young, Ku Da-hye 2010 All Rights Reserved.
This complex Chinese characters edition was published by Ba Fun Publishing Co., Ltd.
in 2022 by arrangement with Darakwon, Inc. through Imprima Korea Agency & LEE's Literary Agency.

♫ **韓文發音音檔QR Code**

可輸入連結或掃描QRCode進入雲端點選音檔配合練習

https://bit.ly/Koreanlife

(注意區分英文大小寫)

序文

　　世界正走向國際社會化，原有的政治界線變成了社會經濟界線，現代社會受文化模式影響，地球村世代也因此來臨。一個地區混雜來自各種文化的人們，他們經由國際化的教育，學習不同的文化，組成多元社會。在這種狀況下，多元化社會成員因語言的關係產生隔閡，以及文化習慣的不同造成彼此的思考方式有所差別。若要縮短差距，非容易之事。語言包含一個國家的思考方式與生活模式，所以學習語言不單是語言，更有熟悉文化的意義。因此，了解語言之中蘊藏文化是多元化社會成員的重要生活課題。

　　本教材不僅教授語言，每一課更以情境主題方式介紹重點文化，搭配圖片或照片，讓讀者自然融入學習。除此之外，盡可能以文化教育為焦點，幫助在韓國社會中的人們消除生活上的隔閡與障礙，故本教材最大的優點是將主題區分為生活文化、語言文化、制度文化、藝術文化和傳統文化，進行情境演練。對於在韓國或國外對韓國文化感興趣的學習者、想要瞭解韓國文化知識的學習者、教授韓國語的教師、多元文化家庭的韓國語學習者等人，此教材非常適用。

　　未來韓國一定會有更多的外國學生、產業進修人士及外籍新郎新娘。考量現實，希望本教材能夠扮演幫助他們在韓國生活的重要角色。

　　說得簡單，若欲發揮實質效益並不簡單。因此，雖然在教授韓國語期間既已切身感受其需求性，但仍無法快速編撰教材完成。

經由眾多人的努力，本教材才能夠完成。感謝多文化社會研究所的教材開發團隊默默跟隨我一起完成這段不斷反覆修正的旅程，尤其是共同執筆著作的團隊成員朴娜英、丘多慧，希望本書能夠成為你們未來美好的踏板。另外，也非常感謝認同本書的必要性並允諾出版的多樂院出版社老闆鄭圭道，以及不斷給予建言和回饋的李淑熙、吳靜旻次長等韓國語出版部編輯們。

多文化社會研究所 趙正順

本書結構與使用方式

序幕/導讀

透過「序幕」理解該課的學習內容後,緊接閱覽「導讀」
插圖,提前聆聽本文內容,利用自己的背景知識回答簡單
的問題。

對話

完整呈現「導讀」的本文內容,學習語言文化。除此之外,本
文旁側附加「詞彙與表現」及下方的「重點文法」提供例句幫
助學習者增進文章的理解力。

詞彙學習

利用照片或圖片學習詞彙,並藉由生
活中使用的簡單例句解題,學習到更
自然的詞彙用法。

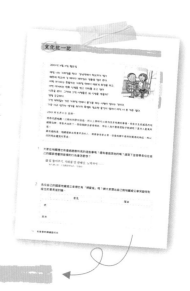

文化比較與討論

以該課相關主題內容,提供生活體驗的插曲故事,
共同討論內容中的文化現象與差異。

總結

整理上述所學內容，藉以進行寫作。在這個階段請利用熟悉的四格插圖與核心詞彙提示，輕鬆完成各階段的寫作。

情報資訊站

●提供資訊
每課提供與主題相關的實用資訊該實際狀況下所需的資訊，幫助學習者增加韓國文化的理解，並能利用各種資訊快速適應韓國生活。

●活用資訊
根據上述的實用資訊進行活用練習。借用資訊進行深入課題作業，確定學習效果。另外，Tip為注意事業或參考補充。

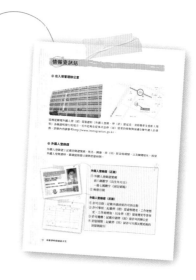

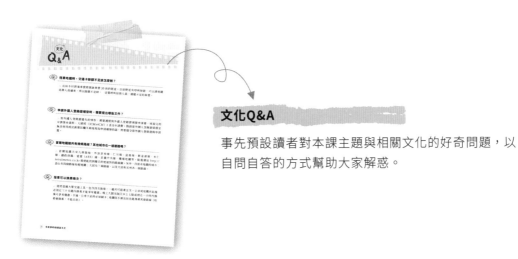

文化Q&A

事先預設讀者對本課主題與相關文化的好奇問題，以自問自答的方式幫助大家解惑。

目錄

課程大綱

單元	內容主題	文化	運用	重點表達文法
1	如果想去仁寺洞，該怎麼做？	制度文化	使用大眾交通工具 （出入境管理辦公室）	• 動詞 + -(으)려면 • 動詞 + -아/어/여야 하다 • 動詞 + -는지 알다/모르다 • 動詞 + -아/어/여 보다 • 動詞 + -(으)러
2	你知道套房多少錢嗎？	生活文化	了解居住型態 （獨棟住宅、公寓、套房）	• 덕분에 • 名詞 + -(이)ㄹ 거예요 • 動詞 + -(으)면 • 언제든지
3	要往哪裡走呢？	生活文化	逛街購物 （傳統市場、超市）	• 動詞 + -는데 • 動詞 + -(으)면 되다 • 動詞 + -(으)ㄹ까요?
4	我們也要繳會費嗎？	生活文化	大學生活1 （社團、MT、聚餐）	• 잘 부탁드립니다 • 動詞 + -(으)ㄴ 名詞 • 動詞 + -아/어/여도 되다 • 위하여!
5	如何丟垃圾？	制度文化	垃圾分類 （垃圾袋、籃子）	• 못 + 動詞 • 動詞 + -아/어/여 드리다 • 動詞 + -아/어/여서 • 名詞 + -마다
6	你在這裡做什麼？	生活文化	大學生活2 （大學校慶）	• 動詞 + -고 있다 • 形容詞 + -아/어/여서 • 動詞 + -기로 하다 • 動詞 + -거든요
7	你怎麼知道這家韓定食餐廳的？	生活文化	出外用餐 （韓式料理、路邊攤）	• 名詞 + (으)로 • 動詞 + -(으)니까 • 名詞 + 처럼 • 動詞 + -(으)ㄹ게요
8	這個人是誰？	制度文化	購買 （現金、刷卡結帳）	• 名詞 + 한테서 • 名詞 + 짜리 • 名詞 + (이)세요
9	那位是民秀的阿姨嗎？	語言文化	制定稱謂 （稱謂語、敬語法）	• 形容詞 + -(으)ㄹ 거예요 • 動詞 + -(으)ㄹ 때 • 動詞 + -아/어/여 보다
10	讀書很辛苦吧？	語言文化	發送訊息 （表情符號）	• 名詞 + (이)라고 부르다 • 動詞 + -는 길에 • 動詞 + -(으)라고 하다

單元	內容主題	文化	運用	重點表達文法
11	你有男朋友嗎？	生活文化	相親聯誼 （聯誼、相親）	• 動詞 + -아/어/여 주다 • 動詞 + -겠- • 動詞 + -지 말다
12	那位……滿意嗎？	生活文化	認識各種紀念日 （情人節）	• 動詞 + -(으)려고 • 動詞 + -(으)ㄹ 名詞
13	那部電視劇真的很浪漫，對吧？	藝術文化	認識影像文化 （電影、電視劇）	• 動詞 + -고 싶다 • 動詞 + -았/었/였구나 • 動詞 + -(으)ㄹ래(요)?
14	計畫去哪裡旅行呢？	生活文化	旅行 （安東河回村）	• 動詞 + -(으)ㄹ 계획이다 • 形容詞 + -(으)ㄴ 名詞 • 動詞 + -(으)ㄹ 수 있다
15	這是什麼表演？	藝術文化	認識傳統遊戲 （四物打擊樂）	• 形容詞 + -지 않다 • 動詞 + -아/어/여 있다 • 動詞 + -는 名詞
16	嗯？什麼是119？	生活文化	撥打緊急電話 （119、112、114）	• 動詞 + -길래 • 形容詞 + -(으)면 • 動詞 + -아/어/여야지
17	你會說方言嗎？	語言文化	認識方言 （各地區的方言、新造語）	• 形容詞 + -(으)ㄹ 거야 • 名詞 + 만
18	收到情書很驚訝吧？	語言文化	各類型寫作 （信、賀年卡、卡片）	• 動詞 + -지만 • 動詞 + -지 못하다 • 動詞 + -(으)ㄴ 것 같다 • 名詞 + 동안
19	幹嘛買這些？	傳統文化	參加生日宴會 （宴會種類、禮物）	• 動詞 + -(으)ㄹ 지 알다/모르다 • 動詞 + -(으)ㄹ 거예요 • 動詞 + -는군요
20	為什麼要轉身喝？	傳統文化	認識喝酒禮儀 （飲食禮儀）	• 動詞 + -겠- • 動詞 + -네요
21	感冒要吃什麼？	傳統文化	治療感冒 （民間療法）	• 名詞 + 부터 • 動詞 + -(으)ㄹ 것 같다 • 形容詞 + -아/어/여도
22	辛奇佐料要怎麼做？	傳統文化	做辛奇 （辛奇種類、辛奇料理）	• 形容詞 + -(으)ㄴ데 • 動詞 + -아/어/여 놓다
23	誰穿彩色上衣的韓服	傳統文化	穿韓服 （韓服的顏色、意義）	• 動詞 + -(으)ㄴ 후에 • 動詞 + -거든(요) • 있다 + -는 줄 알다/모르다
24	收到第一份月薪，通常會做什麼？	傳統文化	使用第一份月薪 （首次月薪的禮物）	• 動詞 + -기도 하다
25	結婚日子定了嗎？	語言文化	慣用語表達	• 動詞 + -잖아요 • 動詞 + -(으)ㄹ 생각이다

登場人物介紹

關係圖

 民秀父親 —夫妻— 民秀母親

兒子

 金正漢

前後輩

 鄭多英

朋友

 趙惠

 姜民秀

登場人物

 趙惠
韓文系畢業後考上韓國研究所。個性活潑且具有好奇心。

 姜民秀
在韓國大學就學,是趙惠的學校前輩,非常喜歡趙惠。

 鄭多英
趙惠的朋友。知道趙惠和民秀彼此有好感。

 金正漢
趙惠的前輩,很關心趙惠。

 民秀父親
個性嚴厲又慈祥,將趙惠視為女兒對待。

 民秀母親
很喜歡趙惠,並教她韓國家庭文化。

第1課

如果想去仁寺洞，該怎麼做？

 첫만남

방금 한국에 도착한 조혜, 이곳저곳을 둘러보며 공항 밖으로 나옵니다.

그녀는 혼자 게스트 하우스에 가야합니다.

어떤 교통수단을 이용해야 할지 모르는 조혜! 처음 도착한 한국에서 그녀는

게스트 하우스가 있는 인사동까지 어떻게 가야 할까요?

◆ 初次見面

剛到韓國的趙惠正左顧右看地走出機場。

她要一個人獨自前往 Guest House。

但她不知道該搭哪一種交通工具。

首次來到韓國的她，

該怎麼前往民宿所在的仁寺洞呢？

공항에서 在機場

단어 註解

조혜	저, 실례합니다. 버스로 인사동에 가려면 어떻게 해야 해요?
민수	6011번 버스를 타야 해요. 아니면 공항철도를 타고 김포공항에서 환승해야 해요.
조혜	고맙습니다. 저기, 혹시 출입국관리사무소는 어디에 있는지 아세요?
민수	잠시만요. 휴대전화로 검색해 볼게요. 아! 인사동 근처에 있네요. 그런데 출입국관리사무소에 왜 가세요?
조혜	외국인 등록증을 만들러 가요.

趙惠	不好意思， 請問如果要搭公車到仁寺洞的話，應該要坐哪一班車？
民秀	搭 6011 號公車。 或者，搭乘機場捷運到金浦機場站換車。
趙惠	謝謝。還有，請問您知道出入境管理辦公室在哪裡嗎？
民秀	稍等一下。我使用手機幫您查看。啊！在仁寺洞附近。但您為什麼要去出入境管理辦公室？
趙惠	因為我要去辦理外國人登錄證。

單字註解

인사동 仁寺洞

공항철도 機場捷運

김포공항 金浦機場

환승하다 換車、轉乘

출입국관리사무소 出入境管理辦公室

負責出入境管理與外國人保護管理的法務部所屬機構

휴대전화 手機

(= 핸드폰, 휴대폰)

검색하다 搜尋

외국인 등록증 外國人登錄證

合法居留韓國的許可證明

실례합니다 不好意思

잠시만요 稍等一下

和「請等一下（기다려 주세요.）」相同

導讀
1 想要去仁寺洞，該怎麼做？
2 為什麼要去出入境管理辦公室？

重點文法

▶ **動詞 + -(으)려면** 如果要～、若要～ 例 버스 정류장에 가려면 오른쪽으로 가세요. 如果要去公車站，請往右走。

▶ **動詞 + -아/어/여야 하다** 要～ 例 교통 카드를 충전하러 가야 해요. 我要去加值悠遊卡。

▶ **動詞 + -는지 알다/모르다** 知道/不知道 例 공항버스를 어디에서 타는지 몰라요. 我不知道要從哪搭機場巴士。

▶ **動詞 + -아/어/여 보다** 嘗試 例 지하철 승차권 발매기를 이용해 보세요. 請試著使用地鐵車票販售機。

▶ **動詞 + -(으)러** 到(地方) 做～ 例 사진을 찍으러 사진관에 가요. 到相片館拍照。

詞彙學習 & 問答

1 以下為交通工作相關圖片，請在〈보기〉中找到相對應詞彙。

[보기]　오토바이　지하철　배　비행기　자전거　기차　시내버스　택시

(1) _____　(2) _____　(3) _____　(4) _____

(5) _____　(6) _____　(7) _____　(8) _____

(1) 火車 기차 (2) 飛機 비행기 (3) 船 배 (4) 地鐵 지하철 (5) 市區公車 시내버스 (6) 計程車 택시 (7) 摩托車 오토바이 (8) 腳踏車 자전거

2 大家在機場是搭什麼交通工具過來的？上學的時候都使用什麼交通工具呢？

3 請看下方文字，並猜測是在哪一個場合出現的宣導廣播？請在括號中填入適當的詞彙，並於題目中將「下車」的韓語詞彙圈選出來。

A. (　　　　　) 안내 방송
이번 정류장은 경복궁 지하철역입니다. 다음은 안국동입니다.
지하철을 이용하실 승객께서는 이번 정류장에서 하차해 주시기 바랍니다.

B. (　　　　　) 안내 방송
이번 역은 종로3가, 종로3가역입니다. 내리실 문은 오른쪽입니다.
이번 역은 승강장과 열차 사이의 간격이 넓으니 내리실 때 주의하시기 바랍니다.

B.〔地鐵〕宣導廣播
本站為鐘路三街站，請於右側車門下車。這班列車與月台的間隔較大，下車時請小心。

A.〔公車〕宣導廣播
本站為景福宮地鐵站，下一站為安國洞。搭乘地鐵的乘客請在本站下車。

20XX년 X월 X일 월요일

매일 나는 지하철을 탄다. 강남역에서 학교까지 멀기
때문에 학교에 갈 때마다 재미있는 일들을 많이 본다.
어떤 아가씨는 흔들리는 지하철 안에서 예쁘게 화장을 하고,
어떤 아저씨는 한쪽 신발을 벗고 다리를 꼬고 앉아
신문을 본다. 그런데 그런 사람들은 왜 신발을 벗을까?
정말 궁금하다.
가장 재미있는 것은 지하철 안에서 물건을 파는 사람이 있다는 것이다.
가끔 사고 싶다는 생각을 하지만 특별히 필요한 물건이 없어서 아직 사 본 적은 없다.

20XX 年 X 月 X 日 星期一

我每天搭地鐵。江南站到學校很遠，所以上學時可以看到很多有趣的事情。有些女生在搖晃的地鐵裡化妝；有些大叔脫下一隻鞋翹腳坐著看報紙，那些人為什麼要把鞋子脫掉呢？真令人匪夷所思。

最有趣的是，地鐵裡會出現賣東西的人，偶爾會想要去買，但賣的都不是特別需要的物品，所以我到現在還沒有買過。

1　大家在地鐵裡也有看過趙惠所見的這些事嗎？還有看過其他的嗎？請寫下並發表各位在自己的國家裡看到這樣的行為會怎麼想？

　　　例 짐 들어주기, 지하철 안 판매상, 노약자석 ……
　　　　　幫忙搬行李、在地鐵裡賣東西、博愛座……

2　各位自己的國家地鐵或公車裡也有「博愛座」嗎？請大家提出自己對地鐵或公車另設特別座位的意見並討論。

	意見	理由
我		
朋友		

1 請看圖完成故事。

重點詞彙 공항, 만나다

① 공항에서 조혜와 민수가 만났어요.

重點詞彙 인사동, 방법을 묻다

②_____

重點詞彙 출입국관리사무소, 검색하다

③_____

重點詞彙 외국인 등록증, 만들다

④_____

2 請用韓文完整敘述上面的故事。

_____

_____

_____

②버스로 인사동에 가는 방법을 물어요. 詢問如何搭公車到仁寺洞。
③출입국관리사무소의 위치를 휴대전화로 검색해요. 手機搜尋出入境管理辦公室的位置。
④조혜는 출입국관리사무소에서 외국인 등록증을 만들어야 해요. 趙惠要去出入境管理辦公室申請外國人登錄證。

● 出入境管理辦公室

這裡是辦理外國人停（居）留簽證和（外國人登錄、停（居）留延長、資格變更及重新入境等）各種證明發行的地方，另外這裡也從事非法停（居）留者的管制與保護在韓外國人的業務。詳細內容請參考http://www.immigration.go.kr。

● 外國人登錄證

外國人登錄證上記載登錄證號碼、姓名、國籍、停（居）留資格種類，以及韓國地址。核發外國人登錄證時，需確認核發日期與居留時間。

外國人登錄證（正面）

① 外國人登錄證號碼
　 前六碼數字（出生年月日）－後七碼數字（固定號碼）
② 核發日期

外國人登錄證（反面）

① 許可日期：記載申請居留許可的日期
② 許可事項：記載停（居）留資格變更、工作地變更、工作地增加，以及停（居）留地變更等事項
③ 許可機構：記載申請停（居）留許可的辦公室
④ 居留期間：記載停（居）留許可日期及變更後的居留期限日

▶ 外國人登錄證申請書

외 국 인 등 록 신 청 서
APPLICATION FOR ALIEN REGISTRATION
○○ 출입국관리사무소장
TO : Chief, ○○Immigration Office

성명 및 성별 Name in full and Sex	(姓 Surname)	(名 Given names)	☐ 남 M ☐ 여 F
	漢字名( ) Official Use		

국적 Nationality	생년월일 Date of Birth Year Month Day	출생지 Place of Birth	직업 Occupation	PHOTO 35㎜×45㎜

여권사항 Passport	번 호 Number	발급일자 Issuing Date	유효기간 Expiration Date	
사증 사항 Visa	번호 Number	발급일자 Issuing Date Year Month Day	발급공관 Issuing Authority	체류자격: Status of Sojourn 체류기간: Period of Sojourn	입국일자: Date of Entry 입국장소: Port of Entry

근무처사항 Place of Occupation	명칭 Name	직위 및 담당업무 Position	사업자등록번호 Business Registration No.	☎

본국의 주소 Address in Home Country		☎
대한민국내 체류지 Address in Korea		☎

세 대 주 명 Name of Householder		세대주와의 관계 Relationship to Householder		

	성명 Name in Full	성별 Sex	생년월일 Date of Birth	관 계 Relation	비 고 Remarks
동 반 자 Dependent in Korea					

「出入國管理法」 제31조에 의하여 위와 같이 外國人登錄을 申請합니다.
I hereby apply for registration as above-mentioned in accordance with Immigration Law.

신 청 일 Date of Application	신 청 인 Applicant	서 명 Signature

공 용 란 (For official use only)					
접수일자 접수번호 담 당	특이 사항	외국인등록번호	등록증 발 급	지 문 채 취	기록표 작 성	등록표 송 부

23236-08811비
210㎜×297㎜

'97. 5. 28. 승인

申請外國人登錄證之前需要知道的事？

① 申請對象：入境後欲停（居）留超過90天者、喪失韓國國籍取得外國國籍者或韓國籍外國人等。

② 申請時間：入境後90天內、附加停（居）留資格或許可資格修正的時候要提出申請。

③ 申請場所：本人居住地的出入境管理辦公室或駐外辦事處。

④ 外國人登錄證攜帶義務：在韓國居留的外國人要隨身攜帶護照、外國人入境許可書或外國人登錄證（未滿十七歲的外國人除外）。另外，出入境管理相關或有權人員要求出現護照與外國人登錄證時，不得拒絕。

⑤ 具備文件：共同文件（護照）、外國人登錄證申請書（出入境管理辦公室也有）、彩色大頭照1張和申請費1萬韓圜。

Q 搭乘地鐵時，交通卡餘額不足該怎麼辦？

A 出站不付搭乘車費將罰該車費 30 倍的罰金。出站附近有呼叫按鈕，可以請地鐵站務人員過來，所以餘額不足時，一定要呼叫站務人員，補繳不足的車費。

Q 申請外國人登錄證補發時，需要提出哪些文件？

A 如外國人登錄證遺失的情形，需要護照與外國人登錄證補發申請書、填寫完的申請事由資料、大頭照（3CM×4CM）1 張及申請費。假設是外國人登錄證毀損至無法使用或反面備註欄不夠使用而申請補發的話，需要提交原外國人登錄證與申請費。

Q 首爾地鐵總共有幾條路線？其他城市也一樣複雜嗎？

A 首爾地鐵共有九條路線，外加京春線、仁川線、盆唐線、新盆唐線、水仁線、議政府縣、愛寶（ABX）線、京義中央線、機場地鐵等。點進網址 http://seoulmetro.co.kr 後便能找到離目的地最快的路線圖。另外，目前有地鐵的城市：金山有四條路線和輕電鐵，大邱有三條路線，以及大田和光州各一條路線。

Q 搭車可以換乘幾次？

A 使用首爾大眾交通工具，包含四次轉乘，一趟共可搭乘五次。公車或地鐵出站後必須在三十分鐘內轉乘才能享有優惠；晚上九點至隔天早上七點前則在一小時內轉乘可享有優惠。不過，公車下站時必須刷卡；地鐵則不需出站也能轉乘其他路線（如果要轉乘，不能出站）。

第2課

你知道套房
多少錢嗎？

 집 구하기

게스트 하우스에서 지내고 있는 조혜, 오늘 조혜는 집을 구하려 부동산에 갈 계획입니다. 그런데 집 구하기에 대한 정보가 없어서 어떻게 해야 할지 고민입니다.

조혜를 도와줄 사람이 없을까요? 아! 저기에 민수가 보입니다.

민수가 조혜를 도와줄 수 있을까요?

◆ 找房

趙惠目前住在 Guest House，

今天她打算到房屋仲介公司找房子。

但是她手上沒有相關資訊，不知道該怎麼辦。

有沒有人可以幫助趙惠？

啊！民秀在那。

民秀可以幫助趙惠嗎？

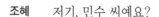

대학교에서 在大學裡

조혜　저기, 민수 씨예요?

민수　어! 조혜 씨? 우리 학교에서 공부해요?

조혜　네. 참, 민수 씨 덕분에 외국인 등록증을
　　　잘 만들었어요.

민수　뭘요. 지금 어디에 가요?

조혜　집을 구하러 부동산에 가요.
　　　혹시 원룸은 얼마나 하는지 알아요?

민수　아마 보증금 500만 원에 월 40만 원
　　　정도일 거예요.
　　　혹시 잘 모르면 언제든지 전화 주세요.

單字註解
구하다 求
(=找 (찾다))
부동산 房屋仲介公司
원룸 套房
보증금 保證金
入住者要繳交給房東的錢，通常租約到期會退回。
월 月
(=每月 (매달))
전화 주다 打電話
(=致電 (전화하다))

趙惠　哈囉，是民秀先生嗎？

民秀　喔！趙惠小姐？你在我們學校讀書嗎？

趙惠　是啊！對了，幸虧有民秀先生，我順利辦好外國人登錄證了。

民秀　這沒什麼。妳現在要去哪？

趙惠　我要去房屋仲介公司找房子。你知道一間套房要多少嗎？

民秀　大概是保證金五百萬韓圜，月租四十萬韓圜左右。如果有不懂的
　　　地方，歡迎隨時打電話給我。

導讀
1 民秀和趙惠在哪裡見面？
2 趙惠現在要去哪？

 重點文法

▶ **덕분에** 多虧 例 선생님 덕분에 쉽게 집을 구했어요. 多虧老師，我很快就找到房子了。

▶ **名詞 + -(이)ㄹ 거예요** 將是 例 조혜 씨는 대학원생을 거예요. 趙惠將成為碩士生。

▶ **動詞 + -(으)면** 如果；若 例 한국에 도착하면 연락주세요. 如果到了韓國，請聯繫我。

▶ **언제든지** 隨時 例 언제든지 우리 집에 놀러오세요. 隨時都可以來我家玩。

　<參考> **누구든지** 任何人 例 이 일은 누구든지 할 수 있어요. 這件事任何人都可以辦得到。
　　　　 어디(서)든지 任何地方 例 저는 어디든지 다 괜찮아요. 我哪裡都可以。
　　　　 무엇이든지 任何事物 例 무엇이든지 물어보세요. 不管什麼都可以問我。

詞彙學習 & 問答

1 下列為房屋種類相關照片，請在 < 보기 > 中找到相對應的詞彙。

| 보기 | 주택 | 아파트 | 원룸 | 빌라 | 주상복합상가 | 오피스텔 |

(1)

(2)

(3)

(4)

(5)

(6)

解答：(1) 아파트 公寓　(2) 주상복합상가 住商混合住宅　(3) 오피스텔 Officetel　(4) 원룸 套房　(5) 주택 獨棟住宅　(6) 빌라 別墅

2 大家現在都住在哪？想要住哪一種類型的房子？

3 下列為房屋簽約前的對話，請依文意在 < 提示 > 中選擇適當的詞彙填入括號 ( )。

| 보기 | 관리비 | 월세 | 전세 | 계약금 | 선금 | 잔금 | 보증금 |

조혜　　이 원룸은 얼마예요?

중개인　(㉠) 500만 원에, (㉡)는 35만 원이에요.
　　　　(㉢)는 매달 3만 원이에요.

조혜　　좋아요. 계약하려면 어떻게 하죠?

중개인　그럼 제가 주인에게 연락할게요.
　　　　혹시 (㉣) 가지고 오셨어요?

조혜　　네, 여기 20만 원이에요.

(㉠:　　) - (㉡:　　) - (㉢:　　) - (㉣:　　　)

趙慧　有，我這裡有 20 萬韓圜。

仲介　現在先交訂金嗎，請問（㉣好）嗎了嗎？

趙慧　好，我該如何辦理簽約呢？

仲介　（保證金）500 萬韓圜，（月租）35 萬韓圜，（管理費）每月有 3 萬韓圜。

趙慧　這間套房多少錢？

解答：㉠ 보증금 　㉡ 월세 　㉢ 관리비 　㉣ 계약금

文化比一比

20XX년 X월 X일 화요일

우리 학교 주변에는 내가 살고 싶은 예쁜 주택이 하나 있다.

그 집에서 밥도 먹고, 공부도 하고, 잠도 자고……

아! 얼마나 행복할까? 그러던 어느 날 그 집 현관에

'잠만 자는 집'이라고 쓰인 글을 발견했다. 잠만 자는 집?

무슨 뜻일까? '잠만 자는 집'은 침대만 있는 집일까? 아니면 하루 종일 잠을 자는 집일까? 그 집에

서는 TV도 볼 수 없고, 밥도 먹을 수 없을까? 그런데 오늘 '잠만 자는 집'에 대해 알게 되었다. 낮

에는 밖에서 일이나 공부를 하고 밤에 집에 돌아가서 쉬고 잠을

자는 집을 '잠만 자는 집'이라고 했다. 이곳에서는 밥도 해 먹을 수 없다. 아! 정말

잠만 자고 나오는 집이었다. 아쉽지만 그 집에서 살고 싶었던 꿈을 포기해야겠다. ㅜㅜ

20XX 年 X 月 X 日 星期二

我住在我們學校附近的美麗住宅。在家裡吃飯、讀書、睡覺……

啊！多麼幸福啊？但某一天，在玄關門口發現寫著「只睡覺的家」字樣。只睡覺的家？

這是什麼意思？「只睡覺的家」是指只有床的家嗎？還是一整天都在睡覺的家？不能在家裡看電

視和吃飯嗎？然而，今天我終於知道「只睡覺的家」是什麼意思了。白天在外工作或讀書，晚上

回到家休息睡覺的家，稱作「只睡覺的家」，在這個家連飯都不能自己做來吃。啊！真的是睡覺

醒來就出門。不過，我要放棄住在這種家的夢。ㅜㅜ

1 各位的國家也有「只睡覺的家」嗎？3 到 4 位同學為一組互相討論，若有找房相關的經驗，
請試著寫下來跟大家分享。

> 例 하숙집, 자취 생활, 고시원, 잠만 자는 집, 셰어하우스 ……
> 下宿、自炊生活、考試院、只睡覺的家、共生公寓……

2 在韓國，找到房子之後，可用「全租」或「月租」方法支付（參考「情報資訊站」）。在
各位的國家怎麼租房？請大家一起討論如何有效找到房子的方法。

	意見	理由
我		
朋友		

1 看圖完成故事。

重點詞彙 다시, 만나다

① 조혜와 민수가 학교에서 다시 만났어요.

重點詞彙 집을 구하다, 부동산

②

重點詞彙 원룸, 가격

③

重點詞彙 언제든지, 전화하다

④

2 以寫作方式完成上面的故事。

②조혜는 집을 구하러 부동산에 가요 . 趙惠去房屋仲介公司找房子。
③민수는 조혜에게 원룸의 가격을 이야기해요 . 民秀告訴趙惠套房的價格。
④잘 모르면 민수에게 언제든지 전화해도 돼요 . 不懂的話,隨時都可以打電話給民秀。

情報資訊站

● 在韓國尋找好房子的十大守則

① 選擇面南向或東向，陽光照射好的房子。
② 選擇景觀好的房子。
③ 避開噪音干擾嚴重或灰塵多的大馬路旁的房子。
④ 最好是離地鐵站不到兩公里，交通便利的房子。
⑤ 公寓規模至少要包含五種家具。規模大但管理費低，以及便利設施多的地方。
⑥ 確認周邊附近是否有公園、樹木或山。
⑦ 最好買高樓層公寓新建不到五年的房子。
⑧ 確認公寓是哪一個建設公司造設。
⑨ 觀摩鄰近學校與大型賣場的距離長短。
⑩ 長期交易的銀行貸款投入的房子為好，簽約前一定要確認登記簿謄本。

● 買房或租房一定要知道的事

	文意	活用型態
全租	支付約定金給房東，長期租借使用房屋，並於期間結束搬家時領回所有的約定金。	전세 보증금 全租保證金 전세를 얻다 收全租 전세를 놓다 付全租
月租	每個月繳費用租借房子或房間。又稱「按月繳交的房租」。	월세 계약 月租簽約 월세를 얻다 收月租 월세를 놓다 付月租
保證金	租借房子或房間時需託付一定的費用，此費用會在簽約終結時領回。	보증금 ○○○원 保證金000元 보증금을 걸다 保證金擔保 보증금 ○○○원에 집을 계약하다 簽約保證金000元的房子
管理費	管理公寓或大樓設施時所需的費用，主要使用於公寓環境清潔、電梯保養及停車場管理等。	관리비가 비싸다 管理費貴 관리비를 내다 繳交管理費 관리비가 밀리다 付管理費
租賃	收錢借出本人的物品、房子或建築給他人使用。主要用於不動產。	임대 아파트 公寓租賃 임대 가격이 싸다 租賃價格便宜 임대 조건이 좋다 租賃條件好
交通便利圈	公寓、獨棟住宅或大樓區域鄰近火車、地鐵和捷運站。在韓國，越靠近交通便利圈，房價越貴。	역세권 아파트 交通便利圈的公寓 역세권에서 살다 住在交通便利圈 역세권이 비싸다 交通便利圈的房子貴

전 세 행복빌라	월 세 한국원룸	매 매 태양아파트
위치: 서울 양천구 목동 **층수**: 4층에 3층 **전세**: 3,500만 원 **면적**: 52.89㎡ **특징**: 방 3개, 도시가스	**위치**: 서울 관악구 신림동 **층수**: 5층 건물에 2층 **월세**: 500/26만 **면적**: 42.9㎡ **특징**: 2호선 신림역 7분 거리	**위치**: 서울 양천구 신정동 **층수**: 19/25 **전세**: 7,300만 원 **면적**: 143.37㎡ **특징**: 단지 내 보육, 놀이, 운동 시설

▶ **下列是在房屋仲介辦公室裡發生的對話。請大家分別扮演仲介與找房人角色，找到自己想要的家。**

<부동산 중개 사무소에서 - 월세를 구할 때>

중개인 　어떤 집을 찾으세요?

조혜 　　혼자 살 수 있는 집을 찾고 있어요.

중개인 　금액은 어느 정도로 생각하고 있어요?

조혜 　　저는 학생이라서 돈이 별로 없어요.

중개인 　그러면 원룸은 어떠세요? 보증금 500만 원에 월 26만 원인 방이 있어요.

조혜 　　그 집은 어디에 있어요?

중개인 　신림동에 있어요. 2호선 신림역에서 7분 거리예요. 한번 보러 가실래요?

조혜 　　네, 좋아요.

接受法定日期！

法定日期是租賃房屋時，在公家機關公證（確定房屋租借）的日期。房東發生經濟困難，產生法屋拍賣狀況時，能夠依法保護拿回全租金與保證金。只要攜帶全租簽約到韓國洞事務所就能申請辦理法定日期。

文化

Q&A

Q 全租與月租的差別是？

A 全租是一次付款租借房子，此時的付款金稱為全租金。全租金是給房東的錢，當契約結束時，出租人需歸還給承租人。月租需繳月租金與保證金，月租金是每個月給房東的錢，承租人無法收回。不過，保證金跟全租一樣，契約結束時，出租人需歸還給承租人。

Q 月租一定要用韓圜（KRW）支付嗎？

A 契約期間，可以在入住的時候全額支付或每月支付租費。一般而言，以韓圜（KRW）支付，但可以跟房東協議改以美元（USD）支付。

Q 若有急事須回國，可以中途解約嗎？

A 即使承租人在契約前因不得已事由須回國，也不能中途解約。需支付月租至契約結束，不過若契約期間有其他入住者搬進來，可以收回簽約金。

Q 誰來付管理費？

A 因租費不包含電費、瓦斯費、水費和冷暖氣費，必須由承租人負擔。但建築共同管理費（停車場、電梯保養等）由誰負擔，須與房東商議決定。

第**3**課 要往哪裡走呢？

 생활용품 사기

민수와 함께 집을 구한 조혜. 민수 덕분에 좋은 집도 구하고 가구도 싸게 샀습니다.

이제는 생활용품을 사려고 합니다.

어디에 가서 사야 할지 모르는 그녀는 민수에게 전화를 겁니다.

마음씨 좋은 민수가 도와주겠지요?

◆ 購買生活用品

趙惠和民秀一起去找房，

多虧了民秀，她找到好房子，又可以便宜買到家具。

現在要去購買生活用品。

不知道要去哪裡買的她，打電話給民秀。

心地善良的民秀會幫她吧？

下午三點，學校正門。

對話

통화 중 通話中

単字註解	
생활용품 生活用品	
앞 前	
(↔後(뒤))	
대형 할인 매장 大型賣場	
오후 下午	
(↔上午(오전))	
정문 前門	
(↔後門(후문))	

조혜 여보세요?
　　　 민수 씨 핸드폰이죠?

민수 네, 맞는데 …… 누구세요?

조혜 조혜예요.

민수 네, 반가워요. 무슨 일이에요?

조혜 생활용품을 사려면 어디로 가야 해요?
　　　 좀 알려 주세요.

민수 학교 앞 대형 할인 매장에 가면 돼요. 우리 같이 갈까요?

조혜 네, 좋아요. 우리 언제 어디에서 만날까요?

민수 오후 3시에 학교 정문 앞에서 만나요.

趙惠　喂？

　　　請問這是民秀先生的手機嗎？

民秀　對，請問您哪位？

趙惠　我是趙惠。

民秀　啊，你好。有什麼事嗎？

趙惠　我想要去買生活用品，要去哪買呢？可以教我嗎？

民秀　到學校門前的大型賣場就可以買到了。要一起去嗎？

趙惠　好啊。我們何時在哪見面？

民秀　下午三點在學校前門見。

導讀 1 趙惠為什麼打電話給民秀？
　　　 2 兩位打算要去哪裡？

重點文法

▶ **動詞+-는데** 轉折語氣　例 오늘 생일 파티를 하는데 어떤 음식을 준비해야 해요?
　　　　　　　　　　　　　　　今天開生日派對，要準備什麼食物？

▶ **動詞 + -(으)면 되다** 只要～就行了　例 가: 호텔로 가는 길을 모르면 어떻게 해야 해요?
　　　　　　　　　　　　　　　　　　A: 我不知道去飯店的路，該怎麼辦？

　　　　　　　　　　　　　　　　　나: 택시를 타면 돼요. 搭計程車去就可以了。

▶ **動詞 + -(으)ㄹ까요?** 疑問語尾　例 조혜 씨, 우리 같이 영화관에 갈까요?
　　　　　　　　　　　　　　　　　趙惠小姐，我們要一起去電影院嗎？

1 下列為市場相關照片，請在 < 보기 > 中找到相對應的詞彙。

| 보기 | 대형 할인 매장 | 전통 시장 | 백화점 | 편의점 | 수산시장 | 슈퍼마켓 |

(1) _____

(2) _____

(3) _____

(4) _____

(5) _____

(6) _____

(1) 백화점 百貨公司　(2) 편의점 便利商店　(3) 전통 시장 傳統市場　(4) 수산시장 水產市場　(5) 슈퍼마켓 超級市場　(6) 대형 할인 매장 大型折扣賣場

2 大家都去哪裡買東西呢？最常買什麼？

3 下列是在服飾店裡買衣服時的對話。請試著回答以下問題。

조혜　이 옷 얼마예요?

점원　8만 원인데 요즘 세일 기간이라 20% 할인해 드려요.

조혜　정말요? 그럼 이 옷 좀 계산해 주세요.

점원　혹시 적립 카드 있으세요?

조혜　적립 카드가 뭐예요?

점원　물건 값의 10%를 적립해 드리는 카드예요.
　　　적립금이 1,000포인트 이상이면 현금처럼 사용할 수 있어요.

(1) 이 옷을 얼마에 살 수 있어요? _____

(2) 이 옷을 사면 얼마를 적립할 수 있어요? _____

(1) 64,000 韓圜

(2) 640 韓圜

점원　積分達到 1000 點以上可以當現金使用。
　　　＊卡片可以累積購買商品價格的 10% 積分存起來。

조혜　請問積分卡是什麼？

점원　請問有積分卡嗎？

조혜　真的嗎？那幫我結帳這件。

점원　8萬韓圜，但最近是優惠期間，幫您打八折。

조혜　請問這件衣服多少錢？

20XX년 X월 X일 수요일

오늘 나는 친구와 함께 자주 가는 빵집에 가서 빵을 샀다.

"포인트로 계산해 주세요." 라고 말한 친구는 돈을 내지 않고 빵을

가지고 갔다. 나는 그것을 보고 빵을 들고 계산대에 가서 말했다.

"포인트로 계산해 주세요." 그런데 계산대의 아가씨는 나에게

"카드 주시겠어요?" 라고 말했다. 내가 외국인 이라고 나를

속이는 것 같았다. "아니요, 포인트로 계산해 주세요." 아가씨가 다시

"네~ 손님, 카드 주세요." 라고 말했다. 나와 아가씨는 계속 이 말을 반복했다. 잠시 뒤

친구가 다가왔다. 친구는 나에게 '포인트 점수'에 대해 설명해 주었다. 난 이 빵집의

단골손님인데, 포인트 점수도 모르고 있었다니 그동안 쓴 돈이 너무

아까웠다!

20XX 年 X 月 X 日 星期三

今天我和朋友一起去常光顧的麵包店買麵包。

朋友說完「請幫我用點數扣。」沒有付錢就拿走麵包了。我看到後，也拿了麵包到收銀台說：「請幫我用點數扣。」但收銀台的叔叔對我說：「可以給我卡片嗎？」看到我是外國人，所以想騙我嗎？「不是，請幫我用點數扣。」叔叔又對我說：「好的～客人，請給我卡片。」我和叔叔一直重複同樣的話。後來朋友過來，向我說明「點數」。我是這家麵包店的老顧客，竟然不知道可以累積點數，覺得之前付的錢太可惜了！

1 有在韓國使用點數買東西的經驗嗎？如有與積分卡相關的經驗，請寫下來並發表分享。

　　例 대형 할인 매장 적립 카드, 빵집 적립 카드, 영화관 적립 카드 ……

　　　大型賣場積分卡、麵包店積分卡、電影院積分卡……

2 在韓國，傳統市場因大型賣場出現的關係逐漸消失中。因此，曾舉辦過「搶救傳統市場」運動。大家各自國家有類似的事情嗎？針對消逝中的傳統市場，請大家寫下意見與討論。

	意見	理由
我		
朋友		

總結

1 看圖完成故事。

重點詞彙 전화를 걸다

① 조혜는 민수에게 전화를 걸어요.

重點詞彙 생활용품, -고 싶어 하다

②

重點詞彙 대형 할인 매장, 소개하다

③

重點詞彙 오후 3시, 학교 정문 앞

④

2 以寫作方式完成上面的故事。

②조혜는 생활용품을 사고 싶어 해요. 趙惠想要買生活用品。
③민수는 학교 앞 대형 할인 매장을 소개해요. 民秀介紹學校門前的大型賣場。
④조혜와 민수는 오후 3시에 학교 정문 앞에서 만날 거예요. 趙惠和民秀將在下午三點學校正門口前見面。

情報資訊站

● 大型賣場

在韓國，大型賣場隨處可見。食材、生活必需品或電子商品等家庭需要的產品都可以在這裡購買。除此之外，他們也會為了攏絡客人舉辦每日優惠活動，依照星期和時間分別優惠不同類別的商品。

各商品類區的特徵

식료품 코너 **食材區**	這裡經常會有快閃優惠。而且因為依星期分別有不同優惠，在購買之前最好先看清楚傳單。當天沒賣出去的蔬菜會在隔天便宜賣。
생활용품 코너 **生活用品區**	生活用品區常有買一送一的活動。像是洗髮精、洗衣劑、牙膏等種類經常會有買一送一的優惠。每個時期的優惠不同，一定要先看清楚傳單。
식품 코너 **食品區**	販賣熟食的地方，包括年糕、壽司、炸雞等食物，每天到了晚上時間都會便宜賣。
전자 제품 코너 **電子商品區**	這裡可以一次比較與購買各家電視、冰箱及冷氣等家電商品。依每個季節有不同的優惠活動，可以便宜買到電子商品。
주류 코너 **酒類區**	這區販賣韓國銷售和外國進口的酒。酒的種類包括：韓國燒酒、啤酒、洋酒、紅酒和瑪格麗米酒等，不常有優惠活動。
의류 코너 **服飾類區**	可以在這區買衣服、內衣和鞋子。衣服可以直接試穿外，這區也有店員隨時服務，若沒有尺寸，店員可協助查詢。

此外還有各種工具、汽車用品、廚房用品、遊戲機、學習用品等區域。

▶ 下列為大型賣場可以買到的商品。請大家寫下購買這些商品要去哪一區尋找。

당근　　딸기　　휴지　　소주　　밥그릇　　파　　사과　　샴푸

맥주　　컵　　무　　배　　린스　　막걸리　　주전자

포도　　세제　　와인　　밥솥　　양파　　수박　　치약　　양주

프라이팬　　배추　　참외　　칫솔　　칼　　도마　　감자

(1) 식료품 코너	
(2) 생활용품 코너	
(3) 주류 코너	
(4) 주방용품 코너	

Tip

你知道全世界商品券嗎？

韓國傳統市場轉型中。它們跟大型賣場、百貨公司一樣，擁有「點數卡制度」並創造新的網路販售方式。以及，透過「原產地標示保護制度」增加市場商品的信賴度。其中，還有一個可以在全國傳統市場使用的商品券，即全世界商品券。於全國新村金庫（KFCC）、光州銀行、釜山銀行及全北銀行販售。詳細內容請參考網址http://www.onnurigift.co.kr。

Q 老式市場與傳統市場哪裡不一樣？

A 老式市場和傳統市場是一樣的。老式市場係指很久之前就已存在的商品販賣市場。「老式」有「老舊」的感覺，所以改換名稱，2008 年 12 月 1 日依「老式市場和商家培育特別法」將老式市場改名為傳統市場，現在都稱「傳統市場」。

Q 東大門市場和南大門市場，哪一個好逛？

A 想要買衣服的話，去東大門市場。東大門市場有設計廣場、APM、美利來 (Migliore) 和 Doota 等服飾商店。商家多，可以找到很多各式各樣衣服，價格也比較便宜。白天以一般客人為對象；晚上則以購物網或線上服裝店老闆為主。另外，南大門市場比較多的商家是飾品、雜貨或布料。

Q 傳統市場與大型賣場的優點各是？

A 韓國傳統市場有「附贈」文化，依本來買的價格再多給幾個。所以到傳統市場買水果、生鮮或蔬菜等，可以用便宜的價格買到更多個；反之，大型賣場不僅有販售蔬菜水果等食材，也有賣電子商品、服飾等各類商品，並能在同一處比較品牌。

Q 在哪裡可以拿到積分卡？

A 在韓國，有很多不同類型的積分卡。積分卡大部分都出現在連鎖店。全國連鎖店的積分卡到各店都能使用。店員要問客人有沒有需要積分卡，需要的話，隨時都能在賣場領取，也可以透過手機 APP 自行申請領取。

第4課 我們也要繳會費嗎?

 동아리 가입하기

조혜는 한국에서 공부하는 동안 많은 친구들을 사귀고 싶고 여행도 하고 싶어서

여행 동아리에 가입했습니다.

드디어 동아리 첫 모임이 있는 오늘, 신입생 환영회에 가기로 했습니다.

한국의 신입생 환영회는 어떤 모습일까요?

◆加入社團

趙惠想在韓國讀書期間交到很多朋友,

也想要去旅行,

所以她加入了旅行社。

終於,加入社團的首次聚會的今天,

她要去參加新生歡迎會。

韓國的新生歡迎會是什麼樣子的?

＊旅行社團新生歡迎會

對話

Track 04

동아리방에서
在社團辦公室

조혜 　안녕하세요?
　　　저는 일반대학원
　　　국제관계학과 10학번
　　　조혜입니다. 잘 부탁드립니다.

정한 　여행 동아리에 가입한 것을 환영해요.

다영 　안녕하세요? 저는 정다영이에요. 저도 10학번이에요.

조혜 　반가워요. 우리 친하게 지내요.

다영 　좋아요. 저기 …… 정한 선배, 저희도 회비를 내야 해요?

정한 　신입생 여러분은 회비를 안 내도 되니까
　　　마음껏 드세요.
　　　자, 그럼 모두 잔을 채우세요. 위하여!

趙惠　大家好？我是一般研究所國際管理學系 10 學號的趙惠。請多多指教。

正漢　歡迎你加入旅行社團。

多英　大家好？我是鄭多英。我也是 10 學號。

趙惠　很高興認識你，我們一起玩吧。

多英　好啊。那個……正漢前輩，我們也要繳會費嗎？

正漢　各位新生不用繳會費也沒關係，大家盡情吃吧。
　　　來，我們都把酒倒滿，乾杯！

單字註解

학번 學號
大學或研究所入學的年度，或根據學系不同，分配給學生的號碼（例：10學號=一零學號）

동아리 社團

가입하다 加入
（↔退出（탈퇴하다））

선배 前輩

회비 求
（=找（찾다））

마음껏 盡情

잔 杯子

채우다 裝滿
（↔清空（비우다））

導讀
1 趙惠正在做什麼？
2 會費多少錢？

重點文法

▶ **잘 부탁드립니다** 請多多指教 例 저는 신입생 조혜입니다. 잘 부탁드립니다. 我是新生趙惠。請多多指教。
▶ **動詞 + -(으)ㄴ 名詞** 冠形語尾 例 어제 산 것을 바꾸려고 합니다. 我想要換掉昨天買的東西。
▶ **動詞 + -아/어/여도 되다** 可以~ 例 휴대전화 좀 사용해도 될까요? 我可以用手機嗎？
▶ **위하여!** 乾杯！ 例 우리 모두를 위해 건배합시다. 위하여! 大家一起舉杯吧，乾杯！

詞彙學習 & 問答

1 下列是一些場所的照片，請在<보기>中找到相對應的詞彙。

보기 찜질방　노래방　PC방　음식점　주점　커피숍

(1) _____　(2) _____　(3) _____

(4) _____　(5) _____　(6) _____

(1) KTV 노래방 (2) 餐廳음식점 (3) 網咖 PC방 (4) 居酒屋주점 (5) 三溫暖찜질방 (6) 咖啡廳커피숍

2 大家跟朋友見面都去哪裡？玩什麼？

3 下列是佈告欄上的旅行宣導。請正確回答問題。

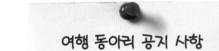

여행 동아리 공지 사항
- 여행지: 가평
- 모이는 ㉠곳: 학교 정문 앞
- 모이는 시간: 오전 8시
- 준비물: 세면도구, 여벌의 옷
- 회비: 1인당 15,000원
- 연락: 김정한 (010-XXXX-XXXX)

(1) 哪一個不是盥洗用品？

① 칫솔　　② 수건
③ 샴푸　　④ 휴지

(2) 可以替換㉠的詞彙是？

① 것　　② 법
③ 장소　　④ 지역

(2)(1)牙刷 ②毛巾 ③洗髮精 ④衛生紙
(2)①東西 ②方法 ③場所 ④地域

文化比一比

정한아,
과자 좀 줘!

정한아,
요리 좀 해!

20XX년 X월 X일 목요일

지난주 MT에서 있었던 일이다. 내가 잠시 화장실에 갔다

왔을 때 친구가 정한 선배에게 "정한아, 과자 좀 줘."라고

말했다. 나는 놀라서 친구에게 반말하지 말라고 말했다.

그러자 친구는 웃으면서 지금 '야! 자!' 게임 중이라고

했다. '야자게임'은 윗사람에게 반말을 하는 게임이다. 그런데 10분쯤 지났을까?

내가 정한 선배에게 "정한아, 요리 좀 해!"라고 이야기하자 정한 선배는 아무 대답이 없었다. 친구

가 조용히 오더니 10분 동안만 게임을 하는 것이라고 말했다.

정한 선배는 화가 난 것 같았다. 아! 왜 아무도 나에게 10분 동안만 게임을 한다고 말하지 않았을까?

야자게임을 할 때는 분위기를 잘 보고 해야겠다. > <

20XX 年 X 月 X 日 星期四

上週是 MT 日。我去洗手間回來的時候，朋友對正漢前輩說：「正漢啊，給我餅乾。」我很驚訝，並跟朋友說我們不能對前輩說半語。但朋友笑說現在正在玩「半語遊戲」。「半語遊戲」是可以對上位者講半語的遊戲。但大概經過十分鐘後？我對正漢前輩說：「正漢啊！做料理啊！」正漢前輩沒有任何回應。朋友安靜走過來，告訴我遊戲規定只玩十分鐘。正漢前輩好像生氣了。啊！沒人跟我說這個遊戲只玩十分鐘嗎？早知道應該要在半語遊戲進行中的時候找對時機說。 >.<

1 大家有參加過MT嗎？都做了什麼事？如有MT相關經驗，請試著寫下來並發表分享。

　例 대형 할인 매장 적립 카드, 빵집 적립 카드, 영화관 적립 카드 ……
　　　遊戲、做料理、炫耀特長、喝酒……

2 韓國人在跟朋友們吃飯喝酒的時候，有一個請客文化。各位的國家有這樣的文化嗎？請大家互相討論在自己的國家是各自負擔還是跟韓國一樣會有人請客。

	經驗	意見
我		
朋友		

總結

1 看圖完成故事。

重點詞彙 여행 동아리, 자기소개

① 조혜가 여행 동아리에서 자기소개를 해요.

重點詞彙 신입생 환영회, 만나다

② _____

重點詞彙 술, 마시다

③ _____

重點詞彙 회비, 안내다

④ _____

2 以寫作方式完成上面的故事。

_____

_____

_____

_____

②신입생 환영회에서 친구를 만나요. 在新生歡迎會上交朋友。
③신입생 환영회에서 모두 같이 술을 마셔요. 大家在新生歡迎會上一起喝酒。
④신입생은 회비를 안내도 돼요. 新生可以不繳會費。

● 大學社團知多少？

韓國大學生加入各式各樣的社團增添有趣的大學生活。社團大致分為學系社團與學校社團，學系社團由學系經營，只有該學系的人可以參加。學校社團是學校的學生都能參加，可以遇見不同科系的人。以下介紹學校社團的種類：

社團種類	說明
공연 · 예술 表演 · 藝術	表演 · 藝術社團代表性有舞蹈、傳統藝術研究，以及啦啦隊社團。會需要很多人一起練習表演，想要解壓的人可以參加這類的社團。
봉사 志工	志工社團包括手語、PCY（青少年紅十字會）等。志工社團的目的是幫助其他人，如果平常對於幫助他人有興趣的人可以參加志工社團。
체육 體育	運動社團包括足球、棒球、排球、保齡球、美式足球和羽球等運動項目，以及跆拳道、合氣道和太極拳等身心運動的社團。想要鍛鍊自己體力的人可以加入體育社團。
학술 · 이념 學術 · 理念	學術 · 理念包括哲學心理學習社團，以及外語，如英文、日文、中文等學習社團。對外語、哲學或時事問題有興趣的人可以加入這類社團累積自己的素養。
예술 藝術	藝術社團包括攝影、漫畫、音樂社團。喜歡拍照、畫漫畫、唱歌或演奏的人可以加入這類社團。
그 외 其他	其他包括旅行、電影、電腦和料理等社團。這類社團可以認識很多新朋友和學習事物。喜歡旅行和手作的人可以加入這類社團。

▶ 下列為社團招生公告。看完社團介紹後想要加入哪一個社團？請試著跟朋友們說一說。

나눔회

신입생 여러분~ 반가워요. ^^
수화와 봉사에 관심이 있는 신입생 여러분~ 저희와 함께해요. ^^

동아리방: 학생회관 406호
연락처: 김수연
(010-XXXX-XXXX)

최강볼링

스트레스를 한방에 !!!
볼링도 배우고 좋은 사람들도 만나고 싶다면 꼭 찾아오세요.

동아리방: 학생회관 526호
연락처: 박재원
(010-XXXX-XXXX)

AFKN

지금은 세계화 시대 !!!
우리 동아리에 오면 영어를 즐겁고 재미있게 배울 수 있어요! 빨리 오세요!

동아리방: 학생회관 213호
연락처: 이정희
(010-XXXX-XXXX)

朋友名字	社團種類	想加入的理由

Tip

在學校都會聽到MT，MT是什麼？

MT是「membership training」的縮寫。大學入學後，每個學期都會跟同系同學們一起去短暫的旅行。在那裡，大家一起玩好玩的遊戲，一起吃飯聊天。前後輩一起去，增進彼此情誼與和睦，和朋友們熟識的重要時光。

Q 新生歡迎會和新生說明會差別是？

A 新生歡迎會是學系前輩們歡迎新生而舉辦的活動。新生可以在這個場合認識新朋友，熟識前輩們。新生說明會是學校為新生舉辦的學校活動，介紹學校生活的相關資訊。

Q 在新生歡迎會要做些什麼？

A 在歡迎會裡，新生要跟大家打招呼自我介紹，還要聚餐（前後輩一起吃飯）和唱歌。這時候也會炫耀自己的特長，唱歌好聽的人可以展現自己的歌唱實力。

Q 學號怎麼讀？

A 2001 年度入學的學生是 01 學號，讀音為「零一學號」。2010 年度入學的學生是 10 學號，讀音為「一零學號」。此外，2020 年度入學的學生是 20 學號，讀音為「二零學號」。

Q 在韓國喝酒時，都會說什麼開頭語？

A 在韓國，乾杯前會說一些「助興詞」，可以簡單喊「乾杯」，也可以利用「為了～」句型，如：「為了健康」、「為了成功」等，喊完再喝酒。另外，也會說「呼嗨喲，讚啊」。「呼嗨喲」的意思是「做得好、好」，常在乾杯的時候使用。

第5課　如何丟垃圾？

 쓰레기 분리 배출하기

이삿짐 정리는 끝났지만 조혜의 집은 쓰레기를 아직 버리지 못해 쓰레기로

가득합니다. 이 쓰레기들을 어떻게 해야 할지 몰라 고민하는 조혜,

집으로 놀러 온 다영에게 쓰레기 버리는 방법을 물어보려고 합니다.

◆ 垃圾分類

整理完搬家行李了，但趙惠還未把垃圾丟出去，

家裡到處都是垃圾。

趙惠很煩惱，

不知道怎麼處理這些垃圾，

剛好多英來家裡玩，

藉此機會她詢問多英該怎麼丟垃圾。

조혜의 집에서 在趙惠家裡

조혜 　어서 오세요.

다영 　이 화장지 받으세요.
　　　집들이 선물이에요.

조혜 　고마워요. 짐을 다 정리 못해서 지저분해요.

다영 　그럼 제가 도와 드릴게요.

조혜 　저기, 쓰레기를 어떻게 버려야 해요?

다영 　한국에서는 쓰레기를 버릴 때 분리 배출을
　　　해야 해요. 재활용 쓰레기와 일반 쓰레기로 나눠서 버리
　　　세요. 그리고 요일마다 버리는
　　　쓰레기의 종류도 달라요.

趙惠　歡迎蒞臨。

多英　這個衛生紙送你。

　　　這是喬遷禮。

趙惠　謝謝，家裡還沒整理完，很髒亂。

多英　那我來幫你。

趙惠　那個，要怎麼丟垃圾呢？

多英　在韓國，丟垃圾的時候需要先垃圾分類。一般垃圾和資源回收要
　　　分開丟棄。另外，每個星期丟的垃圾種類也不同。

單字註解

화장지 衛生紙
　(＝面紙（휴지）)

집들이 喬遷宴

짐 行李

정리하다 整理
　(↔混亂（어지럽히다）)

지저분하다 髒亂

도와드리다 幫忙
　「도와주다」的敬語

쓰레기 垃圾

버리다 丟棄
　(用法：-을/를 버리다)

분리 배출 垃圾分類

재활용 쓰레기 資源回收

일반 쓰레기 一般垃圾

종류 種類

導讀
1 多英在哪裡？
2 如何丟垃圾？

重點文法

▶ **못+動詞** 未能〜、無法〜 　例 저는 짐 정리를 다 못 했어요. 我還沒整理完行李。

▶ **動詞+-아/어/여 드리다** 給〜 　例 선생님께 제 사진을 보여 드렸어요. 我給老師看我的照片。

▶ **動詞+-아/어/여서** 銜接前後動作順序 　例 출입국관리사무소에 가서 외국인 등록증을 만들어요. 我要去入
　　　　　　　　　　　　　　出境管理辦公室申請辦理外國人登錄證。

▶ **動詞+-마다** 每〜 　例 매주 토요일마다 농구 경기를 해요. 每週六去看籃球比賽。

1 下列為垃圾分類的相關詞彙，請找到相對應的照片並連結到相關類別。

| 보기 | 생선뼈 | 참치캔 | 맥주병 | 생수병 |

(1) 유리병류 ・

・① _____

(2) 플라스틱류 ・

・② _____

(3) 캔류 ・

・③ _____

(4) 음식물
쓰레기류 ・

・④ _____

(1) 유리병류 - ③啤酒瓶 맥주병、플라스틱류 - ④礦泉水瓶 생수병 (2) 플라스틱류 - ④礦泉水瓶 생수병、캔류 - ②鮪魚罐頭 참치캔 (3) 캔류 - ②鮪魚罐頭 참치캔 (4) 음식물 쓰레기류 - ①魚骨頭 생선뼈

2 下列是買垃圾袋時的對話，請試著回答以下問題。

판매원　모두 56,000원이에요.
다영　　아! 쓰레기 봉투도 주세요.
판매원　몇 ㉠L짜리로 드릴까요?
다영　　10㉠L짜리로 5장 주세요.
판매원　모두 57,300원입니다. 봉투 필요하세요?
다영　　아니요, (　㉡　)를 가지고 왔어요.

(1) 請問如何用韓文改寫㉠的部分？　_____

(2) 請問括號㉡可以填上哪個詞彙？
　　①그릇　　②지갑　　③시장 바구니　　④일회용 접시

(2) ①容器 ②皮夾 ③購物籃 ④一次性盤子
(1) 리터

文化比一比

20XX년 X월 X일 금요일

한국에서 공부한 지 얼마 되지 않아서 생긴 일이다.

우리 학교 쓰레기통은 항상 3개로 나뉘어 있다.

나는 한국말이 익숙하지 않아서 쓰레기를 버릴 때마다

쓰레기통 뚜껑을 항상 열어 봐야 했다. 그날도 난 쓰레기를

버리려고 뚜껑을 모두 열어 보았다. 그때 누군가 나를 보고

"저 애가 또 쓰레기통을 뒤져." 라고 말했다. 난 쓰레기통을 뒤진 적이 없다.

쓰레기를 분리해서 버리려고 본 것인데 사람들은 내가 쓰레기통을 뒤진다고

생각하고 있었다.

아 …… 분리 배출과 관련된 단어를 빨리 외워야겠다.

20XX 年 X 月 X 日 星期五

這是在韓國讀書沒多久發生的事。

我們學校垃圾桶共分三個。

我的韓國語還不是很好，每次丟垃圾的時候都要打開全部的垃圾桶蓋。那天我也把全部的垃圾桶蓋打開了。當時，有人看著我說：「那傢伙又在翻垃圾桶了。」我從來沒有翻垃圾桶過。

我打開來看只是為了要垃圾分類，但人們都以為我在翻垃圾桶。

啊……應該要趕緊背好垃圾分類的相關詞彙了。

1 大家有在韓國進行垃圾分類的經驗嗎？這時候你覺得哪裡最困難？請寫下垃圾分類的相關經驗並發表分享。

　例 쓰레기 봉지 사기, 종류 구분하기, 요일에 맞춰 버리기 ……

　　購買垃圾袋、種類區分、配合不同的星期丟不同種類……

2 在韓國，可以到「美麗商店」捐贈穿過的衣服或二手書，舉辦環保再生運動。大家各自的國家也有類似的地方嗎？請舉出其他環保再生的案例，並互相討論其意義。

	環保再生案例	意義
我		
朋友		

總結

1 看圖完成故事。

重點詞彙 놀러오다

① 다영이가 조혜 집에 놀러 왔어요.

重點詞彙 집들이 선물, 가져오다

②

重點詞彙 분리 배출, 방법, 물어보다

③

重點詞彙 알려 주다

④

2 以寫作方式完成上面的故事。

②다영이는 집들이 선물로 화장지를 가져왔어요. 多英帶了衛生紙作為喬遷禮物。
③조혜는 다영이에게 분리 배출 방법을 물어봐요. 趙惠詢問多英該如何垃圾分類。
④다영이는 분리 배출 방법을 알려 줘요. 多英教趙惠如何垃圾分類。

要如何垃圾分類？

· 종이류 | 紙類

用線捆綁新聞紙或書籍再丟棄。此外，牛奶盒或紙盒要洗乾淨撕開後再丟棄。

· 플라스틱류 | 塑膠類

寶特瓶要沖洗乾淨後再丟棄。因為寶特瓶體積大，請壓扁後再丟棄。

· 알루미늄류 | 鋁罐類

飲料罐或食品罐要沖洗乾淨後再丟棄，丟棄前，請壓扁後再丟棄。

· 유리병류 | 玻璃瓶類

玻璃瓶裡不能有異物，一定要沖洗乾淨後再丟棄。另外，可以帶啤酒罐、韓國燒酒罐和清酒罐的空瓶到超市或商店回收，可以領取回收金（70~350韓圜）。（空瓶回收金制度）

· 봉투류 | 塑膠袋類

餅乾袋或泡麵袋、一次性塑膠袋也都可以回收再利用。回收時一定要是乾淨或洗乾淨的袋子，才能放進資源回收桶。

你知道廚餘桶和秤重制袋子嗎？

· 廚餘桶

左邊是獨棟住宅或套房使用的個人廚餘桶，晚上或清晨放在家門口就可以了。右邊是公寓使用的廚餘桶。家中的廚餘帶到這個地方倒就可以了。

· 秤重制袋子

左邊是一般最常使用的秤重制袋子，在家裡附近的超市或便利商店可以買到。右邊是線捆綁的垃圾袋，這種垃圾袋的模樣在各地區會有一點不同。

▶ 下面是根據星期分類丟棄的垃圾。請看以下列表後回答問題。

월요일	화요일	수요일	목요일	금요일	토요일	일요일
종이류	캔류	플라스틱류	일반 쓰레기	병류	헌 옷	일반 쓰레기
일반 쓰레기	음식물 쓰레기		음식물 쓰레기	종이류		음식물 쓰레기

(1) 신문지를 버리려고 해요. 무슨 요일에 버리면 돼요?

　　　　　　　　　　　　　　　

(2) 다 쓴 샴푸 통과 콜라 페트병을 버리려고 해요. 무슨 요일에 버리면 돼요?

　　　　　　　　　　　　　　　

(3) 사과 껍질과 먹다 남은 반찬을 버리려고 해요. 무슨 요일에 버리면 돼요?

　　　　　　　　　　　　　　　

(4) 친구들과 함께 연습해 보세요.
　가: ＿＿＿＿＿＿ 을/를 버리려면 언제 버려야 해요?
　나: ＿＿＿＿＿＿에 버리면 돼요.

(3) 星期一跟星期四都可以丟棄、日、星期四都可以丟棄音食物垃圾
(2) 水曜日可以丟棄
(1) 星期一可以丟棄一般垃圾、星期四可以丟棄

了解秤重制袋子！

以前這個地區只能使用專屬秤重制袋子。但從2010年5月起，購物用的塑膠袋可以替代秤重制袋子使用。首爾大型賣場販賣50韓圓一個的塑膠袋除了當購物袋使用之外，回家也能作為秤重制袋子重新利用。2010年5月從松坡區開始，到現在已經適用全首爾。

文化
Q&A

Q 一般垃圾怎麼丟？

A 非回收類的一般垃圾一定要用秤重制袋子裝好再丟棄。還有，如果是獨棟住宅的情形，在指定時間把垃圾放到家門口前就可以了。如果是公寓的情形，到指定地點丟棄就可以了。秤重制垃圾袋可以在超市或大型賣場購買。一般垃圾袋分 3L、5L、10L、20L、30L、50L、75L 和 100L。

Q 什麼東西不能丟進廚餘？

A 水果類的話，核桃、栗子、花生、可可豆和鳳梨等硬的果皮，或水蜜桃、杏和柿子等大顆硬籽不能丟廚餘。還有肉類的話，不能丟動物毛或骨頭；魚貝類的話，不能丟蛤蠣、螺和牡蠣等硬殼或河豚的內臟。此外，一次性的茶包和中藥布袋也不能丟進廚餘。

Q 如果沒有收走廚餘，該怎麼辦？

A 一定要確定廚餘桶裡有沒有不能丟的東西。廚餘要除去食物垃圾以外的其他物質和水分。而且只有在特定的時間可以廚餘回收，時間過了就不能丟廚餘。公寓的話，可以丟在公共廚餘桶裡。

Q 如何分辨一般垃圾和資源回收？

A 廢鐵類、衣類、燈管、保麗龍等或塑膠、塑膠袋（餅乾袋、泡麵袋等）等有環保再生標誌的物品可以依類別資源回收。處理方法根據地區有規定的回收日。一定要確定好回收日。

第 **6** 課　你在這裡做什麼？

 대학교 축제

축제가 시작된 학교. 즐거운 축제 기간이지만 조혜는 즐겁지 않습니다.

지금 그녀는 주점 티켓 다섯 장을 들고 고민하고 있습니다.

티켓 다섯 장을 다른 사람에게 팔아야 하는데 그녀를 도와줄 사람이 어디 없을까요?

◆ 大學校慶

學校開始校慶了。

雖然是愉快的慶典時間，但趙惠一點也不愉快。

現在她正拿著五張居酒屋券，很是煩惱。

她得把五張券賣給其他人才行，

有沒有人可以幫她？

＊上：瑪格麗米酒／下：旅行社團

동아리 주점 앞에서 社團居酒屋前

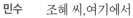

민수   조혜 씨,여기에서
뭘 하고 있어요?

조혜   동아리 주점 티켓을
팔고 있어요.

민수   다 팔았어요?

조혜   아니요, 쑥스러워서 한 장도 못 팔았어요.

민수   마침 잘 됐네요. 저에게 다 파세요.

조혜   그래도 괜찮아요?

민수   네, 오늘 친구들이랑 같이 한잔하기로 했거든요.

조혜   제가 7시부터 동아리 주점에 있을 테니까 꼭 오세요.

민수   네, 이따가 봐요.

民秀	趙惠小姐，你在這裡做什麼？
趙惠	我正在販售社團居酒屋的優惠券。
民秀	全賣完了嗎？
趙惠	沒有，因為太害羞了，一張都沒賣出去。
民秀	那正好，全賣給我。
趙惠	這樣可以嗎？
民秀	可以，我今天剛好跟朋友約好喝一杯。
趙惠	我從 7 點開始會在社團辦的居酒屋，一定要來。
民秀	好，一會見。

單字註解

주점 居酒屋

티켓 券（＝票（표））

팔다 賣（↔買（사다））

다 都
（＝都是（모두）、全部（전부））

쑥스럽다 害羞
（用法－이/가 쑥스럽다）

장 張

마침 剛好

괜찮다 沒關係

같이 一起
（＝共同（함께））

한잔하다 喝一杯，小酌

導讀
1 趙惠現在正在做什麼？
2 民秀今天要做什麼？

重點文法

▶ **動詞+-고 있다** 正在～ 例 조혜 씨는 지금 민수 씨와 이야기하고 있어요. 趙惠小姐現在正跟民秀先生說話。

▶ **形容詞+-아/어/여서** 因為～ 例 민수 씨는 성격이 좋아서 친구들이 많아요. 因為民秀個性好，朋友很多。

▶ **動詞+-기로 하다** 決定 例 오늘 친구들과 같이 조혜 씨의 동아리 주점에 가기로 했어요.
今天決定要和朋友們一起去趙惠小姐社團開辦的居酒屋。

▶ **動詞+-거든요** 因為～ 例 가: 오늘 기분이 좋아 보여요. A：今天看起來心情很好。
나: 네, 오늘 축제를 하거든요. B：對啊，因為今天是校慶。

1 下列為居酒屋餐點的相關照片，請在<보기>中找到相對應的詞彙。

> **보기** 소주　맥주　막걸리　계란말이　소시지야채볶음　파전

(1) _____

(2) _____

(3) _____

(4) _____

(5) _____

(6) _____

(1) 啤酒—맥주　(2) 韓國燒酒—소주　(3) 濁米酒、馬格利—막걸리　(4) 香腸炒蔬菜—소시지야채볶음　(5) 韓國煎餅—파전　(6) 雞蛋捲—계란말이

2 下例為在社團居酒屋裡聊天的對話。請依序選擇括號（　）相關的詞彙。

민수	조혜 씨, 친구들을 데리고 왔으니까 (㉠) 많이 주세요
조혜	네, 알겠어요
민수	저기, 내일 경영학과와 기계공학과의 축구 결승전이 있어요
	(㉡) 와 주실래요?
조혜	그래요? 당연히 가야죠
	오늘 (㉢)을 사주셨으니까 내일 열심히 응원할게요

　①셀프 서비스 - 응원하러 - 표
　②서비스 - 먹으러 - 표
　③서비스 - 응원하러 - 티켓
　④셀프 서비스 - 보러 - 티켓

①셀프 서비스—응원하러—표
②서비스—먹으러—표
③서비스—응원하러—티켓
④셀프 서비스—보러—티켓

文化比一比

20XX년 X월 X일 금요일

학교 축제가 시작되었다.

나는 오늘 친구들과 함께 만들 음식을 준비하러 대형 할인
매장에 갔다. 여러 가지 재료를 사고 돌아가려고 하는데
남학생들이 막걸리를 잔뜩 가지고 왔다.

나는 놀라서 왜 술을 사냐고 물었다.

친구들은 나에게 축제 기간 동안 음식을 팔 수 있고,

그 돈을 모아 회식을 하거나 학과 자금으로 쓸 수도 있다고 했다. 더욱 놀라웠던 사실은 유명 가
수가 와서 축하 공연을 하는 시간도 있다는 것이었다. 학교 축제에서 돈을 벌거나 연예인이 온다
는 일이 처음에는 이해가 되지 않았지만

재미있는 경험이라고 생각한다.

20XX 年 X 月 X 日 星期五

學校校慶開始了。

我今天和朋友們一起去大型賣場準備料理食材。買了很多食材，正要結帳回去的時候，男學生們
拿了好幾瓶瑪格麗米酒過來。

我很驚訝，問他們為什麼要買酒。朋友們告訴我說在校慶期間可以賣料理，賺的錢可以用來聚餐
或當作系費。更令我驚訝的是，校慶會邀請有名歌手來表演。在學校裡賺錢或有藝人來學校，雖
然不是不能理解，但我想真的是很有趣的經驗。

---

1 在學校，有參加過校慶的經驗嗎？在大學校慶裡有什麼有趣的經驗，請寫下來並發表分享。

> 例 축제 준비하기, 게임하기, 장기 자랑, 가수 공연 관람……
>
> 準備校慶、玩遊戲、炫耀特技、觀賞歌手表演……

---

2 韓國大學的校慶會為了提高氣氛，支付高額表演費邀請有名歌手來表演。大家各自的國家
也是這樣嗎？請述說自己的理想大學校慶文化並互相討論意見。

	意見	理由
我		
朋友		

總結

1 看圖完成故事。

重點詞彙 동아리 주점 티켓, 팔다

① 조혜는 동아리 주점 티켓을 팔고 있어요.

重點詞彙 전부, 사다

②

重點詞彙 친구, 마시다

③

重點詞彙 축구 경기, 응원하다

④

2 以寫作方式完成上面的故事。

②민수가 조혜의 티켓을 전부 샀어요. 民秀買了趙惠所有的票。
③민수가 친구들과 함께 술을 마셔요. 民秀和朋友們一起喝酒。
④조혜는 내일 민수의 축구 경기에서 응원할 거예요. 趙惠明天要幫民秀的足球比賽加油。

情報資訊站

● 韓國大學的校慶是什麼樣子？

左邊照片是大學校慶的海報。校慶期間大約三到四天，從開幕典禮，還包括學生們的特技炫耀、社團表演和歌手祝賀表演。

學生們在校內自己開設夜店和黃昏市場，積極參與活動。居酒屋或餐店為各學系主要開設的商店，學生們親自去買食材，自己料理與販賣。大家也一起來享受大學校慶吧。

● 校慶期間各學系有比賽的時候，可以這樣應援加油

一起喊的應援

• 짝짝짝 짝짝짝 짝짝짝짝짝짝짝 와~
• 파이팅! / 이겨라! / 힘내라!
• 우리가 지켜본다!

利用名字喊的應援

• 우유빛깔 ○○○! 사랑해요 ○○○!
• 슈퍼맨 ○○○! / 슈퍼우먼 ○○○!
• 최강 미남 ○○○! / 최강 미녀 ○○○!

● 你知道「大～韓民國！」嗎？

짝짝~짝 짝 짝 대~한민국!

大韓民國最具代表性的應援團是「紅色惡魔」。世界盃的時候穿著紅色衣服為韓國足球代表隊加油。應援的時候，全國人民一起的口號就是「拍拍～拍、拍、拍！大～韓民國！」大家也跟著一起喊吧。

▶ 各位在自己的國家都怎麼幫人加油？請介紹大家各國的應援口號。

짝짝~짝 짝 짝! 대 ~ 한민국!

朋友姓名	國家	應援口號與方法

Tip

大家認識紅色的惡魔嗎？

紅色的惡魔一詞出現在1983年墨西哥世界青少年足球大會韓國代表隊進軍四強的時候，當時外國輿論媒體開始稱呼韓國代表隊為「紅色的惡靈（Ref Furies）」。轉換成韓國語則變成「紅色的惡魔」，標誌是蚩尤天王。只要在賽場穿紅色衣服的人全都可以成為紅色的惡魔。（蚩尤天王是戰神。聽說祭拜蚩尤天王就能在戰爭中獲勝。）

文化 Q&A

Q **學校校慶的時候會上課嗎？**

A 校慶第一天會上課，但大部分都因為在準備校慶而沒有上課。校慶期間如果是 4 天，有些學校在這 4 天上午上課，下午停課，希望大家積極參與享受校慶。

Q **真的會有歌手來表演嗎？**

A 有很多學校會邀情電視常見的歌手來表演。除了慶祝大學校慶的表演之外，學生也會為了添增校慶氣氛，邀請歌手在晚上表演。每個學校不同，大約會邀請三四組歌手。

Q **朋友說要和我喝「一杯」，但真的只喝一杯嗎？**

A 韓國人會跟朋友說「一起喝一杯吧！」它的意思不是只喝一杯，而是一起喝酒的意思。

Q **校慶時，常在居酒屋聽到「多給一點 Service。（서비스 많이 주세요 .）」是什麼意思？**

A 原本的「service」的意思是「幫助他人」，但在做生意的地方變成算便宜一點或多給一點的意思。主要在吃飯，小菜不足或喝酒的時候拜託店家提供免費的下酒菜。

你怎麼知道這家韓定食餐廳的？

 한정식

모양도 예쁘고 맛도 있는 한국 음식을 좋아하는 조혜.

그녀는 축제 기간에 민수로부터 초대를 받았습니다.

민수는 조혜를 한정식 식당으로 데리고 갈 생각입니다,

두 사람은 함께 음식을 먹으며 더욱 가까워질 수 있을까요?

◆ 韓定食

趙惠喜歡色香味俱全的韓國飲食。
在校慶期間，民秀邀請她一起吃飯。
民秀打算要帶趙惠去韓定食餐廳，
兩個人單獨用餐，關係會更親近嗎？

한정식 식당에서 在韓定食餐廳裡

한정식

조혜　와! 음식이 정말 많네요. 이 한정식 집을 어떻게 알았어요?

민수　인터넷에서 검색했어요. 많이 드세요.

조혜　잘 먹겠습니다.

민수　조혜 씨, 어제 열심히 응원해 줘서 고마웠어요. 음식은 입맛에 맞아요?

조혜　정말 맛있네요. 그런데 밥그릇이 너무 무거워요.

민수　한국에서는 밥그릇을 상에 놓고 숟가락으로 먹어요.

조혜　그렇군요. 한국에 왔으니까 한국 사람처럼 해볼게요.

민수　하하, 음식이 식기 전에 드세요.

趙惠　哇！好多菜阿。你怎麼知道這間韓定食餐廳的？

民秀　上網找到的，妳多吃一點。

趙惠　開動了。

民秀　趙惠小姐，謝謝妳昨天賣力的加油。飲食合胃口嗎？

趙惠　真的很好吃。但飯碗好重。

民秀　在韓國，飯碗會放在桌上，用湯匙吃。

趙惠　原來如此，既然來到韓國，那我也來學學韓國人。

民秀　哈哈，趁涼掉之前趕緊吃吧。

單字註解

음식 飲食

한정식 집 韓定食餐廳

어떻게 怎麼

　（用法：어떻게+動詞）

알다 知道

　（↔不知道（모르다））

인터넷 網路（internet）

열심히 努力、賣力

응원하다 應援加油

입맛에 맞다 合胃口

밥그릇 飯碗

무겁다 重（↔輕（가볍다））

상 桌（=餐桌（식탁））

놓다 放（=두다）

숟가락 湯匙

식다 涼掉

導讀
1 兩個人現在在哪裡？
2 飯碗要放哪裡吃？

重點文法

▶ **名詞+(으)로** 使用（工具）　例 연필로 이름을 써요. 用鉛筆寫字。

▶ **動詞+-(으)니까** 因為　例 배가 부르니까 자고 싶어요. 吃太飽想睡覺。

▶ **名詞+처럼** 像　例 요리사처럼 음식을 잘 만들고 싶어요. 我像跟廚師一樣很會做菜。

▶ **動詞+-(으)ㄹ게요** 終結語尾，表示會做某一動作　例 가 : 저 좀 도와주세요. A : 請幫幫我。
　　　　　　　　　　　　　　　　　　　　나 : 네, 제가 도와줄게요. B : 好，我幫你。

詞彙學習 & 問答

1 下列為路邊攤和外送食物的相關照片，請在<보기>中找到相對應的詞彙。

> **보기** 떡볶이 순대 어묵 튀김 붕어빵 자장면 피자 치킨(통닭)

(1) _____ (2) _____ (3) _____ (4) _____

(5) _____ (6) _____ (7) _____ (8) _____

(1) 튀김 (2) 붕어빵 (3) 자장면 (4) 피자 (5) 떡볶이 (6) 순대 (7) 치킨(통닭) (8) 어묵

2 下列是在吃路邊攤美食時的聊天對話。請試著回答以下問題。

조혜	오늘은 제가 살게요. 뭐 드시고 싶으세요?
민수	우리 저기 가서 떡볶이 먹을까요?
조혜	네, 좋아요. 뭐 시킬까요?
민수	떡볶이 1(㉠)하고 순대 2(㉠), 그리고 어묵도 같이 먹어요.
조혜	와, 다 먹을 수 있어요?
민수	그럼요. (㉡)을 아주 좋아하거든요.

⑴ 請寫下可以填入括號㉠的共同詞彙。　　_____

⑵ 請寫下填入括號㉡的句子。這個可以通稱辣炒年糕、血腸、魚板和炸物等食物。

_____

(1) 인분 人份 (2) 분식 麵粉類

文化比一比

20XX년 X월 X일 목요일

나는 닭으로 만든 음식을 좋아하지만 친구들에게 말한
적은 없다. 그런데 내 친구는 신기하게도 내가 닭을
좋아하는 것을 아는 것 같았다. 아침에 기숙사 식당에서
닭죽을 먹고, 점심에 친구와 닭백숙을 먹으러 갔다.
그리고 저녁이 되어서 친구와 함께 치킨을 시켜 먹었다.
나는 친구의 배려가 고마웠다. 그래서 치킨을 먹으면서 나는
친구에게 "고마워."
라고 말했다. 친구는 고마워하는 나를 이상하게 보았다. 그리고 친구는 오늘이 '초복'이라서
한국 사람들은 건강하게 여름을 보내기 위해 닭을 먹는다고 했다.
아! 그렇구나 …… . 나는 한국 문화를 다 알려면 아직도 멀었구나!

20XX 年 X 月 X 日 星期四

我喜歡雞料理，不過從未跟朋友們說過。但很神奇的，他們都好像知道我喜歡吃雞。早上在宿舍
餐廳吃雞粥；中午跟朋友一起去吃白斬雞；晚上則點炸雞吃。我很謝謝朋友的照顧，所以吃炸雞
的時候，我對朋友說：「謝謝」。朋友異樣看著說謝謝的我，並回應說今天是「初伏」，韓國人
會吃雞保佑今年夏天健康度過。啊！原來如此……我離了解全部的韓國文化還有很遙遠的路要
走。

1　有什麼特別印象深刻的韓國過節的飲食嗎？如果有發生什麼有趣的事情，請寫下來並發表
分享。

> 例 시험 전날 찹쌀떡 먹은 일, 생일에 먹은 미역국, 설날에 먹은 떡국……
> 考試前吃糯米糕、生日喝海帶湯、過年吃年糕湯……

2　在韓國，人蔘雞是夏季保健料理。人蔘雞裡加入好消化的糯米和對健康好的人蔘食材，有
助於健康。大家各自的國家都會吃什麼？請介紹與討論各國的保健料理及文化。

	意見	理由
我		
朋友		

1 看圖完成故事。

重點詞彙 한정식

① 조혜가 한정식을 먹으러 가요.

重點詞彙 밥그릇, 손에 들다

②

重點詞彙 무겁다

③

重點詞彙 상, 놓다, 숟가락

④

2 以寫作方式完成上面的故事。

②조혜가 밥그릇을 손에 들고 밥을 먹어요. 趙惠拿碗吃飯。
③밥그릇이 무거워요. 碗很重。
④조혜는 밥그릇을 상에 놓고 숟가락으로 먹어요. 趙惠把碗放在桌子上用湯匙吃飯。

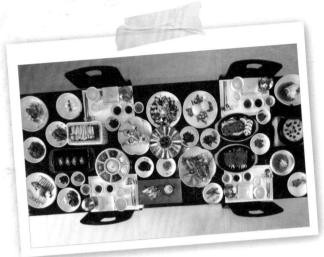

● 韓定食是什麼？

韓定食係指大韓民國的傳統飲食料理。桌上會擺飯、湯、辛奇、醃製類、湯鍋、蒸類和火鍋等基本料理和各式各樣的小菜。桌子前排放飯、湯和筷子湯匙；下一排右邊是肉和湯鍋；在下一排是烤魚、煎餅、涼拌菜等；最後一排是烤肉、蒸魚、辛奇和蘿蔔塊辛奇等。另外，熱食在右邊；涼食在左邊。

● 路邊攤食物是什麼？

路邊攤食物即路邊賣的食物。這類食物都在布帳馬車（用帳篷搭起的路邊攤）裡販賣，種類包括辣炒年糕、血腸、魚板、吐司、韓國飯捲和熱狗等，最近也有現榨果汁、鬆餅和文字燒。冬天主要吃的路邊攤食物有烤栗子、烤地瓜、鯛魚燒和糖餅。最近大家也會在家自己做糖餅吃。

平常可以看到的路邊攤食物

떡볶이
辣炒年糕

꼬치구이
烤肉串

순대
血腸

어묵
魚板

군밤
烤栗子

군고구마
烤地瓜

호떡
糖餅

붕어빵
鯛魚燒

冬天可以看到的路邊攤食物

▶ **用餐時要說什麼話？和朋友一起練習吧。**

情況	對客人	對主人
用餐前	많이 드세요. 多吃一點。 어서(빨리) 드세요. 快來吃吧。 천천히 드세요. 慢慢吃。 맛있게 드세요. 好好吃。 음식이 식기 전에 드세요. 趁涼掉之前趕緊吃。	잘 먹겠습니다. 開動了。 감사합니다. 謝謝。 고맙습니다. 感恩。
用餐中	입맛에 맞아요? 合胃口嗎？	정말 맛있어요. 真的很好吃。 조금 더 주세요. 再給我一點。
用餐後	더 드세요. 多吃一點。	많이 먹었어요. 吃很多了。 배가 불러서 더 못 먹겠어요. 飽到吃不下了。 잘 먹었습니다. 我吃飽了。

Tip

韓國人使用筷子和湯匙！

韓國的筷子和中國、日本不同。中國使用尾端四方長條形的筷子；日本使用尾端圓圓又尖的筷子。不過，在韓國，吃飯喝湯用湯匙，吃小菜用筷子。韓國人重視筷子成雙成對，所以不會用材料、大小與曲度不一樣的筷子。筷子和湯匙合稱為「湯筷（수저）」。

文化 Q&A

Q 有沒有便宜吃到韓定食的方法？

A 便宜吃到韓定食的方法有很多種。通常在飯店或專門餐廳吃套餐，價格都很昂貴。相較之下，韓定食連鎖店較為便宜。小菜有十種以上，還有湯、湯鍋和甜點，像是咖啡、茶、甜米露、水正果（韓果傳統茶飲）或水果等。另外還有「平日午間特選」，平日一到五固定時段到韓定食餐廳可以享受到更優惠的韓定食套餐。

Q 小菜和料理的差別是？

A 在韓國飲食中，小菜是配飯一起吃的食物。盛裝在小碗或盤子裡吃。代表性小菜是辛奇。料理則為各式各樣食材製作的菜餚，如：韓國料理、中國料理和英國料理等。

Q 外送食物種類多嗎？

A 在韓國，可以外送的食物很多，除了披薩炸雞之外，中國料理（炸醬麵、炒碼麵、糖醋肉等）、小吃類（韓國飯捲、冷麵和辣炒年糕等）都可以外送。只要有智慧型手機，使用 APP 都可以輕鬆點外送，還可以累積點數，也能更划算買到。

Q 跟長輩一起吃飯的時候有什麼用餐禮節嗎？

A 首先，在吃之前要說「開動了」。在韓國，年紀小的人不能先吃飯。長輩提起筷子之後，年紀小的人才能開始吃飯。還有，吃飯速度也要配合長輩。年紀小的人先吃完離開座位是不禮貌的行為。吃完飯之後要說「我吃飽了。」

第 **8** 課　這個人是誰？

 다영과 민수의 만남

민수에게 다영이를 소개시켜 주고 싶은 조혜,

조혜는 두 사람을 영화관으로 부릅니다. 함께 영화도 보고 맛있는 음식도 먹고,

조혜는 자신이 좋아하는 두 사람과 함께 즐거운 하루를 보낼 것 같습니다.

세 사람은 어떤 하루를 보내게 될까요?

◆ 多英和民秀的相遇

趙惠想介紹多英給民秀認識，
約這兩個人到電影院，
一起看了電影和吃了飯，
趙惠跟自己最愛的兩個人度過愉快的日子。
這三位度過了怎麼樣的一天呢？

영화관 안에서 電影院裡

다영 처음 뵙겠습니다.
조혜 씨한테서 말씀 많이 들었어요.

민수 반갑습니다. 저도 말씀 많이 들었어요.
영화표는 제가 살게요.

다영 그럼 제가 팝콘이랑 콜라를 살게요. 조혜 씨, 같이 가요.

(다영이 지갑에서 돈을 꺼낸다)

조혜 어머! 이것도 한국 돈이에요? 이 돈은 처음 봤어요.

다영 2009년에 새로 나온 5만 원짜리 지폐예요.

조혜 이 사람은 누구예요?

다영 신사임당이에요.
5천 원권에 그려진 이이 선생님의 어머니세요.

多英　很高興認識你。經常聽趙惠小姐提起你。
民秀　很高興認識妳。我也常聽到她提起妳。 電影票我請客。
多英　那爆米花和可樂我請。趙惠小姐，一起走吧。
（多英從皮夾掏出錢）
趙惠　天啊！這是韓國紙幣嗎？我第一次看到。
多英　這是 2009 年首出的五萬韓圜面額紙幣。
趙惠　這個人是誰？
多英　申師任堂。她是五千韓圜紙幣上李珥老師的母親。

單字註解

말씀 話「말」的敬語表達

듣다 聽（用法：-을/를 듣다）

영화표 電影票

팝콘 爆米花=popcorn

콜라 可樂 =cola

지갑 皮夾

꺼내다 掏出（↔放入（넣다））

처음 第一次
（↔最後（끝））

나오다 出來
（↔進去（들어가다））

원(Won) 圜

누구 誰

신사임당 申師任堂
栗谷李珥的母親，賢妻良母的代表性人物

권 券

그려지다 畫上
（拆解그리다+아/어/여지다）

이이(李珥) 李珥
朝鮮時代有名的學者

導讀
1 三位在哪裡？
2 趙惠看到什麼嚇了一大跳？

重點文法

▶ **名詞+한테서** 名詞+(이)세요 圆 조혜 씨한테서 민수 씨의 소식을 들었어요.
從趙惠小姐那聽到民秀先生的消息。

▶ **名詞+짜리** 面額 圆 500원짜리 동전이 5개 있어요. 五百韓圜面額的硬幣有五個。

▶ **名詞+(이)세요** 是（敬語表達） 圆 그 분은 저의 선생님이세요. 那位是老師。

詞彙學習 & 問答

1 下列為韓國金錢的相關照片，請在<보기>中找到相對應的詞彙。

> **보기** 　세종대왕　율곡이이　퇴계이황　학　이순신장군　벼이삭

(1) ＿＿＿＿＿＿＿＿＿

(2) ＿＿＿＿＿＿＿＿＿

(3) ＿＿＿＿＿＿＿＿＿

(4) ＿＿＿＿＿＿＿＿＿

(5) ＿＿＿＿＿＿＿＿＿

(6) ＿＿＿＿＿＿＿＿＿

(1) 율곡이이 李珥栗谷先生 (2) 퇴계이황 李滉退溪先生 (3) 세종대왕 世宗大王 (4) 이순신장군 李舜臣海軍將軍 (5) 벼이삭 稻穗 (6) 학 白鶴

2 下列是用餐完結帳時的對話，請試著回答以下問題。

민수	많이 드셨어요?
다영	네, 그럼 피자는 ⊙제가 계산할게요.
민수	우리 그냥 (ⓛ)해요.
다영	좋아요. 그럼, 저에게 돈을 주세요.
	이 신용카드로 계산하면 30% 할인이 돼요.

(1) 請選出與畫線⊙意思不同的句子
　①제가 살게요.
　②제가 쏠게요.
　③제가 한턱낼게요.
　④우리 각자 계산해요.

(2) 請寫出符合括號ⓛ的句子。它跟各付各的是一樣的意思。

＿＿＿＿＿＿＿＿＿＿＿＿＿＿＿＿＿＿＿＿＿＿

(2) 各自付自己的帳、Dutch pay AA 制

(1) ①我來付。 ②我請客。 ③我請客。 ④我們各自付帳。

20XX년 X월 X일 토요일

오늘 친구들과 함께 광화문으로 놀러갔다.

광화문 광장을 걷다가 우리는 한국에서 가장 유명한 분을 보게 되었다.

그 분은 한국 사람뿐만 아니라 한국에 오는 모든 외국

사람들이 꼭 보게 되는 분이다. 매일 그 분을 만 원 지폐에서

봤었는데 이번에 우연히 광화문에서 의자에 앉아있는 모습을

처음으로 봤다.

그 주인공은 바로 한글을 만드신 세종대왕이시다. 세종대왕 동상 아래에는 작은 문이 있었고,

그 곳은 '세종이야기'라는 지하 전시관으로 연결이 되어 있었다.

그곳을 통해 세종대왕의 업적과 한글에 대해 조금 더 가깝게 알 수 있었다.

20XX 年 X 月 X 日 星期六

今天和朋友們去光化門玩。走到光化門廣場，我們看到韓國最有名的那位。

那位不僅是韓國人，也是來韓國的外國人都一定看過的人。每天都可以在一萬韓圜紙幣上看到他，這次是我第一次在光化門看到他坐在椅子上的樣子。

這位主角就是創造韓文字的世宗大王。世宗大王銅像下方有一個小門，這裡連通到地下展示館「世宗故事館」。

在這裡可以更了解到世宗大王的偉績與韓文字的來源。

1 使用韓國錢幣時，有發生什麼有趣的事嗎？請寫下來並發表分享。

> 例 금액을 잘못 알아들었던 일, 오천 원과 오만 원의 색이 같아 돈을 잘못 낸 일……
>
> 聽錯金額、五千韓圜和五萬韓圜紙幣顏色太像而付錯錢……

2 在韓國，2009年6月發行五萬韓圜紙幣後，至今廣泛流通。五萬韓圜選擇申師任堂作為首位紙幣上出現的女性人物。大家各自的國家有類似的情形嗎？請介紹各國的紙幣與紙幣上的人物，並討論高面額紙幣的使用。

	人物介紹	高面額紙幣使用的意見
我		
朋友		

1 看圖完成故事。

重點詞彙 영화관

① 조혜가 영화를 보러 영화관에 갔어요.

重點詞彙 처음, 신기하다

②

重點詞彙 본 후에, 다 같이

③

重點詞彙 신용카드, 할인받다

④

2 以寫作方式完成上面的故事。

②조혜는 5 만 원을 처음 봐서 신기했어요 . 趙惠第一次見到五萬韓圜圖紙鈔，覺得很神奇。

③영화를 본 후에 다 같이 피자를 먹어요 . 看完電影後，大家一起吃披薩。

④피자를 먹고 신용카드로 계산해서 30% 할인받았어요 . 披薩吃完，使用信用卡結帳享優惠 30%。

第8課 73

情報資訊站

● **想要知道韓國紙幣的種類嗎？**

紙幣正面人物是退溪李滉，朝鮮時代有名的學者。背面是陶山書院。李滉建造陶山書院教授弟子。

紙幣正面人物是栗谷李珥，朝鮮時代有名的學者。背面是烏竹軒。李珥出生在烏竹軒，烏竹軒的「烏竹」是指黑色的竹子。

紙幣正面人物是世宗大王，於朝鮮時代創造韓文字。背面是渾天儀（國寶第230號）。渾天儀發明於朝鮮時代，是觀察天體運行與位置的天體觀測器。

2009年新出的紙幣。紙幣正面人物是申師任堂，她是代表性母親。正面有申師任堂畫的葡萄與背面有魚夢龍畫的「月梅圖」。

● **想要了解積分卡和信用卡嗎？**

左邊是樂天百貨的積分卡照片。不像信用卡可以付款，而是買商品或商品金額的5~10%，累積到一定程度後可以抵扣商品價。

右邊是企業銀行的信用卡。結帳後下個月會有卡片帳單。購買五萬韓圜以上的商品可以分期三個月付款。

▶ **請看下列情境，在提示<보기>中選擇最符合情境的句子**

보기	제가 살게요.	우리 더치페이해요.	현금 / 신용카드 / 체크카드(으)로
	제가 계산할게요.	우리 각자 계산해요.	계산할게요.
	제가 한턱낼게요.		적립된 포인트로 계산할게요.

情境1

(1)

점원 36,800원입니다.
　　　현금으로 하시겠습니까? 카드로 하시겠습니까?
민수 현금이 없어요.

_____

情境2

(2)

점원 52,000원입니다.
조혜 돈이 부족해요.
다영 _____

情境3

(3)

점원 24,000원입니다.
민수 _____
조혜 고마워요. 잘 먹었어요.

Tip

交通卡也可以這樣用！

交通卡不只是坐公車用，還可以做很多事。可以支付隧道通行費和公私立停車場費，在便利
商店結帳時也可以當作現金支付，搭計程車的時候也能使用交通卡。

Q 有沒有便宜買到電影票的方法？

A 方法有很多種。韓國人主要使用的方法包括：早場優惠、電信社優惠、電影院會員卡優惠和信用卡優惠。外國人，可以使用早場優惠和電信社優惠。早場優惠是觀賞早上第一場次的電影優惠；電信社優惠是使用自己的電信社會員身分享優惠。外國人如果想要申辦電影院會員卡，需要傳真外國人登錄證很不方便，而信用卡優惠只適用於韓國銀行的信用卡，所以使用上不方便。

Q 在電影院裡可以吃哪一些食物？

A 主要是爆米花和可樂。除了爆米花之外，還會販售烤乾酪辣味玉米片、魷魚和烤栗子。以前不能帶電影院販售以外的食物進場，現在雖然仍不能帶漢堡、韓國飯捲、披薩等味道重的食物，但可以帶味道不重的餅乾、麵包、冰淇淋和罐裝飲料進電影院。

Q 十塊韓圓的硬幣大小不一樣，哪一個是假錢？

A 兩個都是真的十韓圓。2009 年韓國換發新錢（新券），錢幣縮小了一點。縮小的錢幣面額有十韓圓、一千韓圓、五千韓圓和一萬韓圓。紙幣的情形，因為大部分都使用新券，幾乎看不到舊券，但硬幣則新舊皆使用。

Q 身上帶很多現金很不安。有沒有好方法？

A 可以利用支票。十萬韓圓以上可以在銀行兌換支票，而且現金兌換支票後，一定要寫下支票號碼。萬一支票遺失，可以到銀行利用支票號碼找到支票紀錄後，銷毀重新申辦。另外，沒有現金也可以利用信用卡或各種 Pay（行動支付），方便安全結帳。

第 9 課 那位是民秀的阿姨嗎？

이모~

가까워지기

민수는 조혜를 만난 지 벌써 5개월이 되었습니다. 그녀는 민수를 부를 때 항상

'민수 씨'라고 부릅니다. 사실 그는 그 호칭이 마음에 들지 않습니다.

오늘 민수는 조혜와 함께 삼겹살도 먹고 술도 마실 계획입니다.

분위기가 좋을 때 조혜가 민수를 '오빠'라고 불러 줄까요?

◆ 變親近

民秀已經認識趙惠五個月了。

她都叫他「民秀先生」。

其實他對這個稱呼不是很滿意。

今天民秀打算要和趙惠一起邊吃五花肉邊喝酒。

在好的氣氛下，趙惠能叫民秀「歐巴」嗎？

＊姨母～

식당에서 在餐廳裡

민수 조혜 씨, 잘 찾아 왔네요.
다영 씨는요?

조혜 다영 씨는 조금
늦을 거예요.

민수 그럼 먼저 주문해요. 이모! 여기 삼겹살 3인분 주세요.

조혜 네? 저분이 민수 씨 이모예요?

민수 아니요. 한국에서는 식당에서 아주머니를
친근하게 부를 때 '이모'라고 해요.
조혜 씨도 말해 보세요.

조혜 제가요? 조금 쑥스러워요.

민수 괜찮아요. 한번 해 봐요.

조혜 이모! 고기 많이 주세요.

民秀	趙惠小姐，我順利抵達了。多英小姐呢？
趙惠	多英小姐晚一點到。
民秀	那我們先點餐。姨母！請給我們三人份的五花肉。
趙惠	喔？那位是民秀的阿姨嗎？
民秀	不是，在韓國，親切叫餐廳阿姨為「姨母」。 趙惠小姐也試看看吧。
趙惠	我嗎？有點害羞。
民秀	沒關係，試一次看看。
趙惠	姨母！請多給一點肉。

單字註解

찾아오다 找來
(↔找去（찾아가다）)

조금 一點點
(↔很多（많이）)

먼저 先
(=首先（우선）)

주문하다 訂購、點餐

여기 這裡

삼겹살 五花肉

이모 姨母
媽媽的姊妹

아주머니 阿姨
(↔大叔（아저씨）)

친근하다 親近

부르다 叫

고기 肉

導讀
1 他們正在吃什麼？
2 為什麼稱阿姨為「姨母」？

重點文法

▶ **形容詞+-(으)ㄹ 거예요** 將會 例 다영 씨는 아마 바쁠 거예요. 多英應該會很忙。

▶ **動詞+-(으)ㄹ 때** ～的時候 例 한국에서 시어머니가 며느리를 부를 때 '아가'라고 해요.
在韓國，婆婆叫媳婦的時候，會說「孩子」。

▶ **動詞+-아/어/여 보다** 嘗試 例 김치를 한번 드셔 보세요. 정말 맛있어요. 吃一次辛奇看看，真的很好吃。

1 下列為與稱謂相關的照片，請在<보기>中找到相對應的詞彙。

> **보기**　아저씨　아주머니　오빠　언니　학생　할아버지　할머니

(1) _____

(2) _____

(3) _____

(4) _____

(5) _____

(6) _____

(1) 學生 학생　(2) 婦人아주머니　(3) 大叔아저씨　(4) 年輕婦女언니　(5) 爺爺할아버지　(6) 奶奶할머니

2 下列是說話降低階級時的對話，請試著回答以下問題。

다영	늦어서 죄송해요
민수	아니에요 많이 드세요
다영	고마워요 ㉠말 놓으세요 저희들 선배시잖아요
민수	그럼, 그럴까?
다영	네. 조혜 씨, 우리 (㉡) 말 편하게 할까요?
조혜	네, 좋아요
다영	왜 다시 존댓말이야? 반말하자!
조혜	응, 알았어.

(1) 請找出並寫下本文中與㉠劃線處相同意思的句子。　_____

(2) 請選出不適合括號㉡的句子
　　① 같은 나이니까　　　　　② 선후배 사이니까
　　③ 동갑이니까　　　　　　④ 친구니까

(2) ①請找出相同意思的句子：反말하자　②請選出不適合的句子：②선후배 사이니까

20XX년 X월 X일 일요일

내가 자주 가는 단골 옷 가게가 있는데, 손님들이 모두
옷 가게 사장의 여동생들이다.
사장의 여동생들은 "언니, 이 옷 얼마예요?" 혹은
"언니, 저 옷 좀 보여주세요." 라고 말한다.
나는 언니를 도와주려는 동생들의 마음이 참 곱다고 생각했다.
그래서 옷 가게 사장에게 동생들이 옷을 많이 사주냐고 물었다.
사장은 웃으면서
그들은 동생이 아니라고 했다. 이상했다. 언니와 동생 사이가 아닌데 왜 그렇게 부를까?
한국의 호칭은 정말 이상하고 재미있다.

언니?

20XX 年 X 月 X 日 星期日

我有一家經常光顧的衣服店，客人都是衣服店老闆的妹妹。
老闆的妹妹說：「姐姐，這件衣服多少錢？」或「姐姐，我要看這件衣服。」我覺得那些幫姊姊
的妹妹心地真善良，所以我問老闆：妹妹們買很多衣服嗎？老闆笑著說他們不是妹妹。真奇怪。
不是姐姐和妹妹的關係，為什麼要這麼稱呼？韓國的稱呼真的很奇怪，也很有趣。

1 在韓國的餐廳裡或買東西的時候，有喊過「姨母」嗎？如果有發生跟稱謂相關的趣事，請
寫下來並發表分享。

例 물건 사기, 남녀 관계, 식당에서의 대화 ……
買東西、男女關係、在餐廳裡的對話……

2 在韓國，即使不是家人，也會使用「哥哥、姊姊、姨母」等稱呼。大家各自的國家也會這
樣嗎？針對將家人稱謂使用在其他人身上的看法，請提出個人意見與討論。

	意見	原因
我		
朋友		

總結

1 看圖完成故事。

[重點詞彙] 고기집, 삼겹살

① 고기 집에 삼겹살을 먹으러 왔어요.

[重點詞彙] 아주머니, 이모, 부르다

②

[重點詞彙] 말을 놓다

③

[重點詞彙] 반말하다

④

2 以寫作方式完成上面的故事。

②민수는 아주머니께 '이모'라고 불러요. 民秀對阿姨喊「姨母」。
③삼겹살을 먹을 때 민수가 말을 놓았어요. 吃五花肉的時候，民秀放下語氣說平語。
④다영이와 조혜는 이제부터 서로 반말하기로 했어요. 多英和趙惠決定從現在開始彼此說半語。

情報資訊站

● **這些稱謂語要在什麼時候，如何使用？**

年紀小的時候	누나, 언니, 오빠, 형
年紀相同的時候	꼬마야, 애야, OO아/야
年紀大的時候	

年紀小的時候	누나, 언니, 선배
年紀相同的時候	OO아/야, OO씨
年紀大的時候	OO아/야, OO씨, 처녀, 새댁, 아가씨

年紀小的時候	오빠, 형, 선배
年紀相同的時候	OO아/야, OO씨
年紀大的時候	OO아/야, OO씨, 총각

年紀小的時候	아줌마, 이모, 형님, 사모님
年紀相同的時候	OO아/야, OO씨, OO(자녀 이름)아/야
年紀大的時候	OO아/야, OO(자녀 이름)엄마

年紀小的時候	아저씨, 삼촌, 형님, 사장님, 선생님
年紀相同的時候	OO아/야, OO씨, OO(자녀 이름)아/야
年紀大的時候	OO아/야, OO(자녀 이름)아빠

● **知道韓國的特定稱謂嗎？**

저기요 那裡 ── 主要使用於在路上叫陌生人或問事情的時候。

여기요 這裡 ── 主要使用於在餐廳叫店員的時候。

선생님,사장님 老師、老闆 ── 在一般情形中，使用於叫陌生男子的時候。也使用於店員稱呼中年客人的時候。

언니 姐姐 ── 使用於服飾店、美容院等女生多的商家裡對女客人的稱呼。

이/그/저 분 這 / 這 / 那位 ── 「這位、那位、這位」的「位」是提高人地位的說法。使用於指稱年紀大的人。

▶ 大家各自的國家有什麼稱謂嗎？請介紹給朋友們。

朋友姓名	國家	使用的謂稱

▶ 平語的時候該如何表達？請於提示<보기>中挑選符合情境的句子。

보기

> 말 편하게 할까요?　　말씀 놓으세요.　　말 놓을까요?
>
> 말씀 편하게 하세요.　　우리 반말할까요?

情境1

(1)

아저씨　민수 씨, 잘 지냈어요?

민수　네. 저 보다 나이도 많으신데,

_____

말씀 놓으세요. 請您把話說得輕鬆點。

말씀 편하게 하세요. 請放鬆說話。

情境2

(2)

재민　만나서 반가워요.

다영　만나서 반가워요. 우리 나이도 같은데,

_____

말 편하게 할까요? 讓我們輕鬆一點說話好嗎？

말 놓을까요? 要放輕鬆說嗎？

우리 반말할까요? 我們說半語好嗎？

Tip

詢問年齡的時候，這樣說！

在韓國，要小心使用「幾歲」兩個字。

因為每個人詢問年紀的方法都不同。

長輩→小孩 "꼬마야, 몇 살이니? 「小不點，幾歲啊？」

長輩→學生 "학생, 나이가 어떻게 돼? 「學生，你多大啊？」

小孩→長輩 "연세가 어떻게 되세요? 「請問您貴庚？」

> 小不點，
> 幾歲啊？

Q 雖然年紀比我大，但是同一學年的朋友，該如何稱呼？

A 在韓國，因工作關係認識的人經常使用「OO 先生 / 小姐」，無論年紀大小都可以使用。不過，因為還是大學生，也不是學校前輩，所以使用누나姐姐（男稱）/ 언니姐姐（女稱）、오빠哥哥（女稱）/ 형兄（男稱）也沒關係。即使是同一學年的朋友，但因為有年紀差，所以叫名的時候要小心。

Q 我看到小不點孩子跟奶奶說半語，這樣也沒關係嗎？

A 一般而言，在韓國，面對年紀大的長輩要說敬語。另外，與年紀無關，跟第一次見面的人也要說敬語。不過，小不點跟奶奶說半語代表兩人關係非常親密，似如孫子與奶奶。在韓國，認識時間久了之後，親近的人們之間也會說半語。

Q 初次見面時，韓國人為什麼要問年紀？

A 韓國人問年紀的原因是要定稱謂。稱呼年紀大的人時，姓名後面要加上稱謂，使用敬語；如果年紀相同就可以說半語，但不會對第一次見面的人說半語。

Q 誰要先說「說平語」這句話？

A 年紀小的人顧及到年紀大的人，先說「請說平語（말씀 놓으세요.）」或「說話輕鬆一點（말 편히 하세요.）」比較好，這樣年紀大的人可以對年紀小的人說半語。當然，也有可能是年紀大的人先對年紀小的人說「說平語」。

讀書很辛苦吧？

第10課

 문자하기

요즘 조혜는 민수와 문자를 자주 주고받습니다. 그녀는 민수를 알면 알수록 그가 좋은 사람이라고 생각합니다. 그리고 오빠라고 부른 후부터 더 친한 감정을 느낍니다. 그런데 지금 민수로부터 온 문자에 재미있는 그림이 많이 있습니다. 이건 무슨 뜻일까요?

◆ 傳訊息

最近趙惠經常跟民秀傳訊息。
她越了解民秀，越覺得他是好人。
而且，自從開始稱他歐巴後，
感覺關係更親近了。
而現在，民秀傳了一個有趣的圖片，
這是什麼意思呢？

동아리방에서 在社團辦公室裡

다영 조혜야,
지금 뭐하고 있어?

조혜 민수 오빠한테서 온
문자를 보고 있어.

다영 민수 오빠? 언제부터 민수 선배를 오빠라고 불렀어?

조혜 얼마 전에 삼겹살 먹고 집으로 돌아가는 길에
민수 선배가 앞으로 자기를
'오빠'라고 부르라고 했어.

다영 정말? 조금 수상한데?

조혜 어? 민수 오빠한테서
문자가 또 왔어.

趙惠啊，天氣好熱
T.T
讀書很辛苦吧？
(^.*) 我買冰咖啡
給你。
見一下面，好嗎？
*^^*

多英	趙惠啊，妳在做什麼？
趙惠	我在看剛剛民秀歐巴傳的訊息。
多英	民秀歐巴？ 什麼時候改口稱民秀前輩為歐巴了
趙惠	不久前，吃完五花肉在回家的路上， 民秀前輩要我以後都叫他「歐巴」。
多英	真的嗎？有點可疑？
趙惠	喔？民秀歐巴又傳訊息來了。

單字註解

문자 簡訊

돌아가다 回來

수상하다 可疑的

날씨 天氣

덥다 熱

（↔冷（춥다））

힘들다 辛苦

（=疲憊（피곤하다））

아이스커피 冰咖啡

（ice coffee）

잠시 보다 見一下面

（=暫時見面（잠깐 만나
다））

導讀
1 趙惠何時開始稱民秀為「歐巴」？
2 民秀傳了什麼內容的訊息？

重點文法

▶ **名詞+(이)라고 부르다** 稱、叫 例 오늘부터 다영 선배를 누나라고 부를 거예요.
今天開始我會稱多英前輩為姐姐。

▶ **動詞-는 길에** 在～路途上 例 슈퍼마켓에 가는 길에 우체국에 가서 택배를 보낼 거예요.
在去超市的路途上，我會去郵局寄包裹。

▶ **動詞-(으)라고** 要求 例 선생님께서 오늘 배운 단어를 50번 쓰라고 하셨어요.
老師要求寫今天學的單字五十遍。

詞彙學習 & 問答

1 下列為表情符號出現的情感相關照片，請在<보기>中找到相對應的詞彙。

| 보기 | 기쁨 | 슬픔 | 당황 | 화남 | 부끄러움 | 화이팅 |

(1) ㅜ.ㅜ

(2) +(-_-)

(3) ♬(^0^)~♪

(1) _____

(2) _____

(3) _____

(4) ＜(^▽^)↗

(5) *^.^*

(6) (^▽^;)

(4) _____

(5) _____

(6) _____

ㄴ릉ㄷ쁨ㄷ (9) 몽ㄷ됴부 (5) 目룅이다 (ㄴ) 嵍ㄴ 佖偆룅 (ㄷ) 晇룅

2 下列為趙惠和民秀、正漢個別來回傳的訊息，請試著回答以下問題。

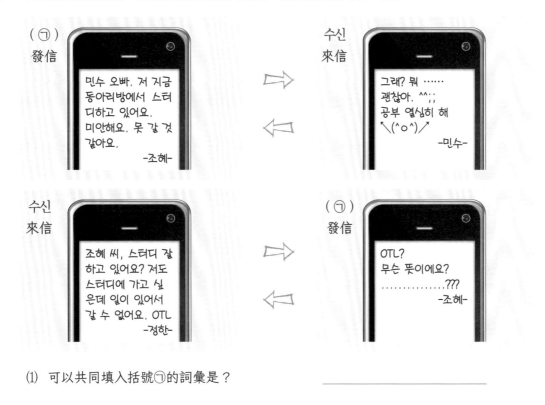

(㉠)
發信

민수 오빠. 저 지금
동아리방에서 스터
디하고 있어요.
미안해요. 못 갈 것
같아요.
　　　　-조혜-

수신
來信

그래? 뭐 ……
괜찮아. ^^;;
공부 열심히 해
＜(^0^)/
　　　　-민수-

수신
來信

조혜 씨, 스터디 잘
하고 있어요? 저도
스터디에 가고 싶
은데 일이 있어서
갈 수 없어요. OTL
　　　　-정한-

(㉠)
發信

OTL?
무슨 뜻이에요?
……………???
　　　　-조혜-

(1) 可以共同填入括號㉠的詞彙是？　　_____

(2) 「＜(^0^)↗」和「OTL」是什麼意思？　_____

(1) 吊룅ㄷ쁨ㄷ　(2) ＜(^0^)↗ : ㅙ이룅룅嵍 OTL : 屳嵍佄晇

20XX년 X월 X일 월요일

오늘따라 버스 안에는 남자 10명이 버스를 타고 있었다.
나는 아무런 생각 없이 밖의 풍경을 보고 있었는데
그때 어떤 여자가 "자기야, 전화 받아~"라고 말을 했다.
버스 안에 여자는 없었다.
내가 잘못 들었다고 생각을 하고 다시 밖을 보는데,
또 "자기야, 전화 받아~"라는 여자의 목소리가 들렸다.
아! 버스 안에 귀신이 있는 것일까? 나는 너무 무서워서 버스에서 내리고 싶었다.
또 다시 여자의 목소리가 들리고, 그 때 한 남자가 휴대전화를 받자 여자의 목소리는 더 이상 들리지 않았다. 여자의 목소리는 바로 휴대전화 벨소리였던 것이다.

20XX 年 X 月 X 日

今天剛好公車裡有 10 位男乘客。我放空看著外面的風景，這時候有一位女乘客說：「親愛的，接電話～」但公車裡沒有其他女乘客。

我以為我聽錯了，繼續看著外面，但我又聽到：「親愛的，接電話～」的女聲。

啊！公車裡有鬼？我太害怕了，很想趕緊下車。又聽到女生聲音後，這時有一位男生接起電話，就沒再聽到了。原來那個女生聲音是手機鈴聲。

1 在韓國與朋友互傳訊息時，有因為不知道表情符號的意思而發生的趣事嗎？有的話，請寫下來並發表分享。

> 例 이모티콘, 한글 줄여 쓰기, 어려운 한국말……
> 表情符號、韓文縮寫、困難的韓語……

2 在韓國，隨智慧型手機流行化，有越來越多人使用手機閱讀書籍，特別是簡短輕鬆的「手機小說」很受年輕人的喜愛。大家各自的國家也有類似的情形嗎？請比較與討論傳統小說與「手機小說」的優缺點。

	優點	缺點
我		
朋友		

總結

1 看圖完成故事。

重點詞彙 문자가 오다

① 민수 오빠한테서 문자가 왔어요.

重點詞彙 아이스커피

②

重點詞彙 이모티콘, 모르다

③

重點詞彙 스터디, 문자를 보내다

④

2 以寫作方式完成上面的故事。

---

② 민수가 조혜에게 아이스커피를 사주려고 해요 . 民秀打算買冰咖啡給趙惠。

③ 문자에 있는 이모티콘이 무슨 뜻인지 잘 모르겠어요 . 不知道簡訊裡的表情符號是什麼意思。

④ 조혜는 "동아리 스터디 때문에 못 가요 ." 라고 문자를 보냈어요 . 趙惠傳簡訊說：「因為社團讀書會，去不了了。」

情報資訊站

● 문자를 보낼 때 사용해 보세요

心情	表情符號			
開心時	s(￣▽￣)/	♫(^0^)~♪	(^(oo)^)	(^(oo)~)
	讚讚～	啦啦啦～	微笑的豬	眨眼的豬
	O(￣`▽￣)o	＼(^0^*)/	(*^-^)	(♡♡)
	耶！	好！	美好一天	太喜歡了
生氣時	(/-_-)/~	s(￣〜￣)z	(-(oo)-)	+(-_-)
	走開！	哼！	生氣的豬	恩
傷心時	(T(oo)T)	o(T^T)o	(┬.┬)	(ㅠ.ㅠ)
	哭泣的豬	啊嗚～	哭哭	眼淚流
驚慌時	(*￣.￣)a	-_-a	(^▽^;)	(￣˜￣)a
	喔！！這什麼？	不知道	冷汗	這樣唷
加油時	＼(*`O´)/	o(^^o) (o^^)o	s(￣▽￣)v	↖(^▽^)↗
	A Za A Za	拍拍	勝利的V	加油
其他	[_]a(^^*)	(-0-)	(@.@)	■■■■□90%
	一起喝杯咖啡嗎？	無趣	暈眩	充電中！

▶ 看完以下訊息後，請寫下回信內容。

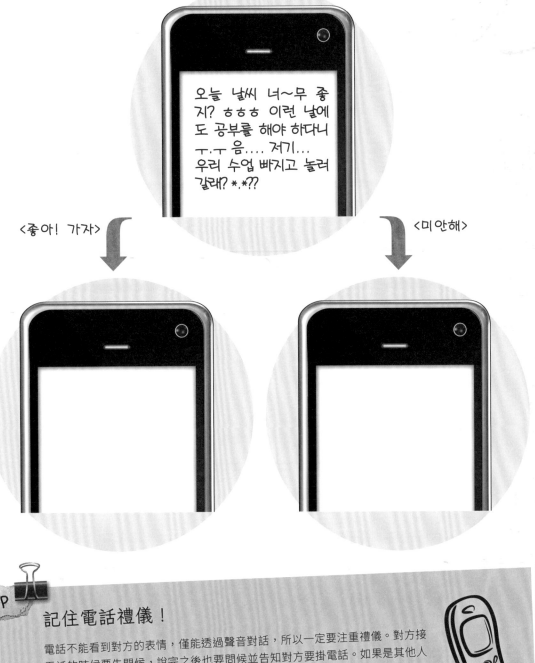

오늘 날씨 너~무 좋지? ㅎㅎㅎ 이런 날에도 공부를 해야 하다니 ㅜ.ㅜ 음.... 저기... 우리 수업 빠지고 놀러 갈래? *.*??

<좋아! 가자>

<미안해>

Q 請問「ㅇㅇ」是什麼意思？

A 「ㅇㅇ」是「嗯，知道了」的意思。傳訊息時，為了快速簡單傳達意思，會使用韓文的子音代替。除了「ㅇㅇ」，還有「ㄴㄴ（No no、不要）」、「ㄷㄷ（抖抖、害怕）」、「ㅊㅊ（推薦）」、「ㅋㅋ（科科、有趣）」等。

Q 手機經常收到廣告簡訊，該怎麼辦？

A 不想收到的廣告簡訊稱作垃圾訊息。雖然很難 100% 阻擋垃圾訊息，但可以利用手機 APP 或附加服務阻擋垃圾訊息，如：SK 電訊的「垃圾過濾」；Olleh 的「呼呼垃圾鬧鐘」等服務。LG U+ 在加入通訊社的同時提供免費阻擋垃圾訊息的服務。

Q 各品牌手機的韓文輸入法都不一樣？

A 一般來說，智慧型手機使用的標準鍵盤與電腦鍵盤是一樣的韓文輸入法。不過，大家的手機裡面除了標準鍵盤，還有 10 鍵盤輸入法，可以根據自己的習慣選擇。

Q 智慧型手機的免費 wifi（無線網路）是什麼？要怎麼使用？

A 每個通訊社都有設置無線區域網路，提供給自家通訊服務客戶的手機使用，最具代表性的是 Olleh wifi、T wifi 和 U+zone。Olleh 的客戶可以使用 Olleh wifi；SK 電訊的客戶可以使用 T wifi，以及 LG U+ 的客戶可以使用 U+zone。另外，最近與通訊社無關，各商家也會提供無線網路給客戶使用。

第11課 你有男朋友嗎？

 감정 확인하기

민수는 항상 조혜의 근처를 맴돕니다.

그리고 조혜는 그런 민수를 보며 미소 짓습니다.

조혜는 민수를 좋아하지만 자신의 감정을 잘 모르는 것 같습니다.

두 사람의 감정을 서로 확인할 수 있는 방법이 없을까요?

◆ 確認感情

民秀經常徘徊在趙惠身邊。

趙惠看到民秀也會露出笑容。

趙惠喜歡民秀，但不太清楚自己的心意。

有沒有彼此確認兩人感情的方法？

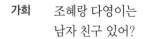

동아리방에서 在社團辦公室裡

가희	조혜랑 다영이는 남자 친구 있어?
다영	네, 저는 있어요. 그런데 조혜는 아직 없어요.
가희	조혜야, 그럼 내가 소개팅해 줄게.
조혜	소개팅이요? 음 …… 잘 모르겠어요.
다영	조혜야, 소개팅 한번 해 봐.
가희	그래, 부담 갖지 말고 만나봐.
다영	가희 선배, 제가 책임지고 조혜를 보낼게요.
가희	그래, 너만 믿을게. 조혜야, 약속 장소랑 시간은 나중에 문자로 알려 줄게.

單字註解

남자 친구 男朋友

（↔女朋友（여자친구））

아직 還未

（用法：안/못 -지 않다/-지 못하다）

소개팅 聯誼

부담 갖다 感到負擔

（=有負擔（부담이 있다））

책임지다 負責

（=책임을 지다）

보내다 送

믿다 相信

（用法：-을/를 믿다）

약속 約定

（用法：약속을 하다/약속을 정하다）

알려 주다 告訴

（拆解 알리다 + 아/어/여 주다）

佳熙	趙惠和多英有男朋友嗎？
多英	我有，但趙惠還沒有。
佳熙	趙惠啊，那我幫你介紹。
趙惠	聯誼嗎？嗯……我不知道。
多英	趙惠啊，去看看嘛。
佳熙	對啊，不要有負擔，認識看看。
多英	佳熙前輩，我會負責帶趙惠過去。
佳熙	好，就相信你了。 趙惠啊，晚一點傳約定場所和時間給你。

導讀
1 佳熙前輩對趙惠說什麼？
2 如何做約定？

 重點文法

▶ **動詞+-아/어/여 주다** 給 例 다영이에게 친구를 소개해 줬어요. 介紹朋友給多英認識。

▶ **動詞+-겠-** 強調意志 例 약속 장소에 어떻게 가는지 알겠어요. 我知道怎麼到約定場所了。

▶ **動詞+-지 말다** 不要 例 내일 약속을 잊지 마세요. 明天的約定別忘了。

1 大家喜歡什麼樣的約會行程？請跟著<보기>規劃屬於自己的約會行程。

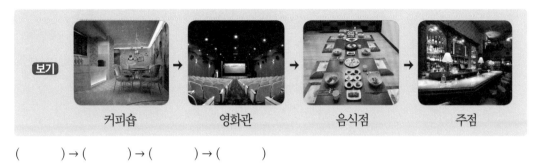

보기

커피숍 → 영화관 → 음식점 → 주점

(   ) → (   ) → (   ) → (   )

咖啡廳 커피숍／電影院 영화관／餐廳 음식점／酒館 주점

2 下列為趙惠和正漢的聊天對話。請試著回答以下問題。

가. <커피숍에서>

조혜   저기, 혹시 …… 정한 선배?

       어? 그럼 정한 선배랑 소개팅하는 거예요?

정한   어! 그러게. 우리 정말 재미있는 인연이네.

조혜   그렇네요. 그런데 제가 좀 늦었죠?

       (㉠   ) 늦었어요. 미안해요.

나. <집으로 돌아가는 길에>

정한   오늘 정말 즐거웠어.

       조혜야, 내일은 뭐하니? 나랑 영화 보러 갈래?

조혜   ㉡ 내일은 …… 약속이 있어요.

⑴ 最適合括號㉠的句子是？

    ① 사람들이 많아서

    ② 약속을 잊어버려서

    ③ 돈이 없어서

    ④ 차가 많이 막혀서

⑵ 畫線㉡句的意思是？ _____

⑵ 미안해요. 길이 가득 막혀 있어요. 我生氣了。我不想─起去。

⑴ ①很多人 ②忘了約定 ③沒有錢 ④塞車

文化比一比

20XX년 X월 X일 화요일

소개팅을 한 후에 정한 선배가 나의 전화를 기다리고 있다.
정한 선배가 나를 좋아하지만 나는 아직 나의 마음을 잘
모르겠다. 정한 선배가 영화를 보자고 했지만
나는 주말에 약속이 있다고 하면서 다음에 전화하겠다고
말했다. 오늘 다영이가 나에게 지금도 정한 선배가
나의 전화를 기다리고 있다고 이야기해 주었다.
정한 선배의 마음을 어떻게 거절해야 할지 모르겠다.
사실 나는 좋아하는 사람이 있는데 ……. 마음에 상처를 주지 않고 거절하는 좋은
방법이 없을까? 내일 정한 선배의 얼굴을 어떻게 봐야할지 모르겠다.

20XX 年 X 月 X 日 星期二

聯誼後，正漢前輩在等我的電話。
雖然正漢前輩喜歡我，但我還不清楚自己的心意。所以正漢前輩邀我一起去看電影，但我說週
末有約，下次再打電話給他。今天多英跟我說正漢前輩還在等我的電話。
我不知道該怎麼拒絕正漢前輩的心意。
我其實有喜歡的人了……有沒有不傷害他人的拒絕好方法？明天不知道要怎麼見正漢前輩。

1　跟韓國人聊天的時候，最常聽到的話是？有哪些話的意思跟自己所想的不一樣？有人因為
　　這些話中話發生有趣的事情嗎？請寫下來並發表分享。

> 例 다음에 연락할게요, 급한 일이 있어서요 ……
> 下次再聯絡、因為有急事……

2　在韓國，不僅有聯誼，也可以透過繳費入會的「徵婚公司」認識男女。徵婚公司針對個
　　性、興趣、職業、理想型和年薪等進行配對。大家各自的國家也有類似的管道嗎？介紹、
　　聯誼、相親和徵婚公司等男女交友的方法，請大家互相討論並分享彼此意見。

	意見	理由
我		
朋友		

1 看圖完成故事。

重點詞彙 소개팅

① 조혜가 소개팅을 할 거예요.

重點詞彙 문자, 알려 주다

②

重點詞彙 나오다, 깜짝 놀라다

③

重點詞彙 약속이 있다

④

2 以寫作方式完成上面的故事。

②소개팅 장소와 시간은 문자로 알려줄 거예요. 我會傳簡訊通知你介紹會的地點和時間。
③소개팅에 정한 선배가 나와서 깜짝 놀랐어요. 正漢前輩出現在介紹會上，嚇了一跳。
④정한 선배는 내일 조혜와 영화를 보고 싶었지만 조혜는 약속이 있어요. 正漢前輩明天想和趙惠一起看電影，但趙惠有約了。

● 彼此不認識的男女透過介紹認識，這稱作？

소개팅 介紹	彼此不認識的男女經過中間人的介紹約會。韓國語「介紹」和英文「meeting」的「ting」組成的合成詞彙。
미팅 聯誼	好幾位朋友聚在一起面對面坐下來的一種團體約會形式。例如：五位男生和五位女生一起見面約會。意指男女見面的韓式英文，跟英文的「meeting」無關。
과팅 系上聯誼	以大學為中心，不同學系的男女學生見面。
맞선 (= 중매) 相親 (＝媒合)	男女到適婚年紀後，透過媒人介紹對象。未來新郎新娘在特定場所見面，互相了解長相、個性、職業和財產等。

● 學習拒絕After的方法？

After係指男女在介紹約會或相親後再次邀約的意思。一般男生會對中意的女生邀請After。假設女生對邀請After的男生不中意，需慎重拒絕。

<애프터 거절할 때 사용하는 말>

① 제가 연락드릴게요.
② 죄송하지만 약속이 있어요.
③ 친구 통해서 연락드릴게요.

보기

정한	오늘 즐거웠어요.
다영	저도요. 덕분에 맛있는 음식 잘 먹었어요.
정한	혹시 내일 시간 있으세요?
다영	내일요?
정한	네, 실례가 안 된다면 연락처 좀 가르쳐 주세요.
다영	정한 씨 연락처를 주세요. 제가 연락드릴게요.

< 拒絕 After 的時候可以用的言語 >
1 我會再聯絡你。
2 對不起，我有約了。
3 我會再透過朋友聯絡你。

< 示範 >
正漢　今天玩得很開心。
多英　我也是，多虧你，吃到好吃的美食。
正漢　那個，明天有空嗎？
多英　明天嗎？
正漢　對，如果方便的話，可以給我聯絡方式嗎？
多英　正漢先生給我聯絡方式，我再聯絡你。

▶ **各位的理想型是？根據<提示>畫出自己的理想型並介紹給朋友們。**

보기

> 저의 이상형을 소개할게요.
> 저는 키가 크고 어깨가 넓은 남자를
> 좋아해요. 얼굴은 동그랗고 코가 오뚝하
> 며 나이는 저보다 2~3살 정도 많았으면
> 좋겠어요. 직업은 회사원이면 좋겠고
> 성격은 활발했으면 좋겠어요.
>
> 以下介紹我的理想型。
> 我喜歡個子高、肩膀寬闊的男生。臉圓圓的，
> 鼻子高挺，以及年紀比我大兩三歲就好了。
> 職業是上班族，個性活潑。

<나의 이상형>

이상형의 조건!

외모:
나이:
직업:
성격:

저의 이상형을 소개할게요.

_____

_____

_____

★ 외모 묘사 표현

① (키/눈/입/손/발/얼굴) 이/가 크다/작다
② 몸매가 (좋다/날씬하다/통통하다/뚱뚱하다/말랐다)
③ 얼굴이 (동그랗다/세모나다/네모나다)
④ (다리/머리카락/속눈썹/손가락) 이/가 길다/짧다
⑤ 코가 오뚝하다
⑥ 눈썹이 (짙다/옅다/풍성하다)

★ 성격 묘사 표현

① 밝다/활발하다/명랑하다/적극적이다
② 내성적이다/소극적이다
③ 우유부단하다
④ 고집이 세다/다혈질이다
⑤ 애교가 많다
⑥ 씩씩하다/열정적이다

Tip

約會後的隔天收到一起吃飯的訊息或電話該怎麼辦？

在韓國，約會結束時通常由男方開口約一起吃飯。這句話的意思是想要再更認識的意思。

有些人會約吃飯，有些人會約看電影，每個人的方法不一樣，但都是想要再約一起做些什麼的意思。

Q 想要紀念約會或見面日，有沒有好方法？

A 現在的情侶如果不想要去看電影或到咖啡廳喝咖啡聊天等的普通約會，可以到皮革工坊一起做情侶皮夾或到金屬工藝坊製作情侶對戒，是紀念兩人約會回憶的好方法。

Q 有沒有好的約會行程？

A 推薦6號線世界盃競技場站的天空公園，可以在公園散步到處看看和拍拍網美照。若在寒冬的話，在三溫暖約會也不錯。喜歡散步的情侶可以到南山走走，尤其是春天櫻花開的時候，真的漂亮。也可以試著搭地鐵到首爾以外的地方旅行。在新村站搭乘京義線可以到坡州或文山，在上鳳站搭乘京春線可以到春川或江村。

Q 在同好會裡，收到「快閃」的訊息是什麼意思？

A 在同好會裡，「快閃」是指如閃電般的快速聚集在一起玩。非同好會的正規聚會，彼此親近的會員們聚在一起聊天、吃飯和喝酒。

第12課　那位……滿意嗎？

 고백하기

조혜가 소개팅을 한 사실을 알고 민수는 자신의 마음을 확실히 알게 됩니다.

조혜를 공항에서 처음 본 순간 첫눈에 반했다는 사실을 인정합니다.

조혜는 그런 민수의 마음을 알까요? 민수는 용기 내어 그녀에게 고백하려고 합니다.

두 사람은 이제 어떻게 될까요?

◆ 告白

民秀知道趙惠去聯誼的消息後，
明白自己的心意了。
他明白到在機場見到趙惠的
時候就對她一見鍾情了。
趙惠能懂民秀的心意嗎？
民秀提起勇氣打算要跟趙惠告白。
現在兩人會變成怎樣呢？

학교 캠퍼스 벤치에서 在校園長椅上

조혜 와! 예쁘다. 오빠, 제가 이 꽃 정말 받아도 돼요?

민수 그럼, 당연하지. 너 주려고 샀는데.
　　　참, 지난 주 토요일에 소개팅했지?

조혜 네, 그런데 어떻게 알았어요?

민수 다영이한테서 들었어. 그 사람 …… 마음에 들어?

조혜 아직 모르겠어요.

민수 그래? 그럼 …… 나는 어떻게 생각해?

조혜 네? 무슨 뜻이에요?

민수 이번 크리스마스를 너와 함께 보내고 싶어. 우리 정식
　　　으로 사귀자.

조혜 생각할 시간을 주세요.

趙惠 哇！好漂亮。歐巴，我真的可以收這束花嗎？

民秀 當然。我就是買來想送妳的。對了，上週六你去聯誼了吧？

趙惠 對，你怎麼知道的？

民秀 聽多英說的。那位……滿意嗎？

趙惠 還不清楚。

民秀 是喔？那……你對我是怎麼想的？

趙惠 恩？什麼意思？

民秀 今年聖誕節我想跟妳過。我們正式交往吧。

趙惠 請給我一點時間思考。

導讀
1 民秀送什麼給趙惠？
2 民秀說的話是什麼意思？

重點文法

▶ **動詞+-(으)려고** 要～ 例 친구를 만나려고 명동에 갔어요. 我去明洞見朋友。

▶ **動詞+-(으)ㄹ** 名詞 例 내일 만날 장소가 어디예요? 明天見面的場所是哪裡？

詞彙學習 & 問答

1 在韓國，年輕情侶每月的14日都是紀念日，請在<보기>中找到相對應的照片並連到相關類別。

| 보기 | 자장면 | 초콜릿 | 반지 | 사탕 |

(1) 화이트 데이 ・

(2) 밸런타인데이 ・

(3) 블랙 데이 ・

(4) 실버 데이 ・

・①

・②

・③

・④

(1) 白色情人節、④糖果情人節 (2) 情人節、②巧克力情人節 (3) 黑色情人節、①炸醬麵情人節 (4) 銀色情人節、③戒指情人節(婚約)

2 下列是正漢送趙惠回家時的對話，請回答以下問題。

조혜　오빠, 집까지 ㉠바래다줘서 고마워요.

정한　아니야. 여자를 집까지 바래다주는 건 당연한 거야.
　　　저기 …… 조혜야, 생각해 봤어?

조혜　선배, 미안해요. ㉡저 사실 좋아하는 사람이 있어요.

정한　그렇구나. 알겠어. 잘자.

(1) 與畫線㉠處相同意思的是？

　①와 줘서　　②데려다 줘서　　③가 줘서　　④운전해 줘서

(2) 請問畫線㉡句的意思是？

　①남자 친구가 있어요　　②다른 사람을 사귀고 싶어요
　③당신을 좋아해요　　④남자 친구를 사귀고 싶어요

(1)①送過來　②開回家　③前來　④幫忙開車。 (2)①有男朋友　②想和其他人交往　③喜歡你　④想交男朋友。

文化比一比

20XX년 X월 X일 수요일

길을 가다보면 남녀 커플을 자주 볼 수 있다.

그런데 이상한 점은 남자는 가방을 두 개 가지고

다니고 여자는 가방이 없다는 것이다.

남자가 여자와 데이트할 때 필요한 것이 많은 것일까?

어느 날 길에서 데이트를 하고 있는 친구를 만나게 되었다.

그 친구도 가방을 2개 들고 있었다.

나는 그 친구에게 왜 가방을 2개나 들고 다니느냐고 물었다.

그 친구는 하나는 자기 가방, 또 다른 하나는 여자 친구의 가방이라고 말했다.

아! 한국 남자들은 참 피곤하겠다. -_- "

兩個
包包？

20XX 年 X 月 X 日 星期三

走在路上，經常可以看到男女情侶。但很奇怪的是，男生背兩個包包，女生身上沒有包包。

男生跟女生約會的時候需要很多東西嗎？某天在路上碰見一個正在約會的朋友，那位朋友也背著

兩個包包。我問他為什麼要背兩個包包？他說一個是自己的，另一個是女朋友的包包。

啊！韓國男生真累。-_-

1 在韓國，有看過什麼有趣的情侶嗎？如果有的話，請寫下來並發表分享。

> 例 나이 차이가 많이 나는 커플, 키 차이가 많이 나는 커플, 외모 차이가 많이 나는 커플……
>
> 年紀差距大的情侶、身高差距大的情侶、外貌差距大的情侶……

2 在約會的時候，很常看到韓國男生幫女生們提包包。大家各自的國家呢？請寫下並討論男
生幫女生提包包的意見。

	意見	理由
我		
朋友		

1 看圖完成故事。

重點詞彙 장미꽃 들다

① 민수가 장미꽃을 들고 있어요.

重點詞彙 장미꽃, 선물하다

②

重點詞彙 크리스마스, 보내다

③

重點詞彙 정식으로 사귀다

④

2 以寫作方式完成上面的故事。

②다영이는 로맨틱한 프러포즈를 받고 싶어 해요 . 民秀送玫瑰花給趙惠。
③주말드라마 할 시간에 다영이는 집으로 돌아가요 . 民秀想跟趙惠一起過聖誕節。
④다영이와 내일 공포 영화를 보러 갈 거예요 . 民秀想跟趙惠正式交往。

● **你知道每個月的14日有不同的意義嗎？**

1월 14일
다이어리 데이
日記情人節

借用日記計畫新的一年！

2월 14일
밸런타인데이
情人節

送男生巧克力告白。

3월 14일
화이트 데이
白色情人節

送女生糖果告白。

4월 14일
블랙 데이
黑色情人節

單身們吃炸醬麵。

5월 14일
로즈 데이
玫瑰情人節

送愛人玫瑰。

6월 14일
키스 데이
接吻情人節

與愛人接吻。

7월 14일
실버 데이
銀色情人節

送愛人戒指。

8월 14일
그린 데이
綠色情人節

與愛人一起到森林散步。

9월 14일
뮤직 데이
音樂情人節

與愛人一起聽音樂。

10월 14일
와인 데이
紅酒情人節

與愛人一起喝紅酒。

11월 14일
무비 데이
電影情人節

與愛人一起看電影。

12월 14일
허그 데이
擁抱情人節

與愛人溫暖擁抱。

▶ **大家各自國家中，年輕男女會過紀念日嗎？都過什麼樣的紀念日？**

紀念日名稱	紀念方法
情人節	送玫瑰給喜歡的人。

▶ **聽寫朋友們說的話。**

朋友姓名	國家	紀念日	紀念方法

Tip

在韓國都這樣告白！

在韓國，有很多直接表達自我心意的方法，每個人多少有點不同，但如果遇到心儀的人，都會直接告白，如：「和我交往吧。」、「請接受我的心意。」、「我們正式交往吧。」等。

Q 在韓國，為什麼 3 月 3 日是五花肉節？

A 在韓國，3 月 3 日是五花肉節，雖然五花肉跟 3 月 3 日毫無關係，但因為「五花（삼겹）」一詞係指韓國畜牧協會裡養豬的農家，借用數字「3（삼）」結合動詞「重疊（겹치다）」兩個字，創造 3 月 3 日五花肉節。現在有很多人會在 3 月 3 日到餐廳或在家烤五花肉吃。

Q 跟女朋友交往 100 天了。在韓國，交往百日是重要的日子嗎？

A 在韓國，100 不僅只是數字而已，100 有完全、全部和永遠的意思，所以男女交往會紀念一百日。不僅限於男女，也會紀念孩子出生 100 天，拍攝百日紀念照。紀念與女朋友交往百日，準備 100 朵玫瑰和禮物，如何？

Q 想要跟女朋友求婚，有沒有特別的場所？

A 每個人喜歡的地方不同，有些人會在棒球季的棒球場或籃球季的籃球場裡求婚。也有些人會在廣告電子板上寫「我愛你」求婚，讓周圍的人們一起祝賀。

Q 收到男朋友送的鞋子。聽說在韓國送鞋不是很好的意思，真的嗎？

A 每個禮物都有獨特的意義，但最近不會在意了。以前圍巾含有離別的意思，但現在送圍巾是表達溫暖度過冬天的意思。雖然有人說送鞋會跑掉，但最近也有一雙好的鞋帶人到好地方的意思。男朋友送鞋大概是希望未來一起走向好地方的意思。

第13課 那部電視劇真的很浪漫,對吧?

 상상해 보기

정한의 마음을 거절한 조혜.

마음이 조금 불편하지만 그녀는 요즘 가슴이 설렙니다.

다정한 민수와 만나는 것이 행복하기 때문입니다.

조혜는 이러한 마음을 누군가에게 자랑하고 싶어 하지 않을까요?

◆ 試著想像

趙惠拒絕正漢的心意,
雖然感覺不是很好,但她最近心情很悸動,
因為她跟體貼的民秀交往很幸福。
趙惠的心情難道不想要跟其他人炫耀嗎?

조혜의 집에서 在趙惠家裡

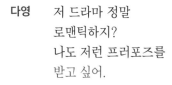

다영 저 드라마 정말
로맨틱하지?
나도 저런 프러포즈를
받고 싶어.

조혜 한국 남자들은 정말 로맨틱한 것 같아.

다영 한국 드라마나 영화를 정말 많이 봤구나!

조혜 네 남자 친구는 어때?

다영 내 남자 친구는 조금 무뚝뚝해.

조혜 민수 오빠는 드라마 주인공처럼 낭만적인 것 같아.

다영 어? 너 지금 자랑하는 거야?

조혜 아니야, 우리 가요 프로그램 볼래?
네가 좋아하는 아이돌 그룹이 나온대.

多英 那部電視劇真的很浪漫，對吧？我也好想要有那樣的求婚。
趙惠 韓國男生好像真的都很浪漫。
多英 你看太多韓國電視劇和電影了！
趙惠 你的男朋友如何？
多英 我男朋友有一點木楞。
趙惠 民秀歐巴感覺跟電視劇主角一樣浪漫。
多英 喔？你現在是在炫耀嗎？
趙惠 沒有啦。我們要不要看歌謠節目？聽說有你喜歡的偶像團體。

單字註解

드라마 電視劇
　(=連續劇（연속극）)
로맨틱 羅曼蒂克
　(=浪漫的（낭만적）)
프러포즈 Propose
　(=求婚（청혼）)
영화 電影
　(看/觀覽電影（연화를 보다/
　관람하다）)
무뚝뚝하다 木愣的
　言行表情不溫柔婉約
주인공 主角
자랑하다 炫耀
가요 프로그램 歌謠節目
　(歌謠+program)
아이돌 그룹 偶像團體

導讀 1 電視劇正播放到哪一個場面？
2 多英的男朋友個性如何？

 重點文法

▶ **動詞+-고 싶다** 想要 例 저는 멋있는 남자 친구를 사귀고 싶어요. 我想要交一個很帥的男朋友。

▶ **動詞+-았/었/였구나** 原來如此（過去式） 例 가: 어머! 너 남자 친구 생겼구나! A：天啊！你有男朋友了啊！
나: 응, 축하해 줘. B：嗯，祝福我吧。

▶ **動詞+-(으)ㄹ래(요)?** 要～嗎？ 例 내일 같이 콘서트 보러 갈래? 明天想不想一起去看演唱會？

1 下列為電影類別的相關圖片，請在<보기>中找到相對應的詞彙。

| 보기 | 공포 | 멜로 | SF | 스릴러 | 드라마 | 코믹 | 액션 | 애니메이션 |

(1) _____

(2) _____

(3) _____

(4) _____

(5) _____

(6) _____

(7) _____

(8) _____

(1) 恐怖電影 공포 (2) 浪漫愛情 멜로 (3) 懸疑恐怖 스릴러 (4) SF (5) 搞笑喜劇 코믹 (6) 溫馨戲劇 드라마 (7) 動作片 액션 (8) 動畫 애니메이션

2 下列是趙惠和多英的對話，請試著回答以下問題。

다영 　㉠벌써 주말 드라마 할 시간이네. 집에 가야겠어.

조혜 　너랑 같이 있으면 항상 시간이 빨리 지나가는 것 같아.

다영 　맞아. 우리 날씨도 더운데 내일 공포 영화 보러 갈래?

조혜 　공포 영화는 (㉡). 그런데 공포 영화는 왜?

다영 　한국 사람들은 더울 때 공포 영화를 봐.
　　　왜냐하면 공포 영화를 보면 시원한 느낌이 들거든.

(1) 畫線㉠的時間是何時？

　① 월요일 오후 7시 ~ 9시　　　　② 수요일 오후 1시 ~ 3시

　③ 목요일 오후 5시 ~ 6시　　　　④ 토요일 오후 7시 ~ 9시

(2) 括號㉡該填入的詞彙是？

　① 재미있어　　　　　　　　　　② 무서워

　③ 슬퍼　　　　　　　　　　　　④ 로맨틱해

(2)①有趣的 ②可怕的
③傷心的 ④浪漫的 答案④

(1)①看週一下午7-9點 ②看週三下午1-3點
③看週四下午5-6點 ④看週六下午7-9點

文化比一比

20XX년 X월 X일 목요일

요즘 한국은 소설이나 만화를 원작으로 한 드라마를
TV에서 볼 수 있다.
고향에서 재미있게 본 한국 드라마는 '궁'인데 한국에
와서 '궁'이 만화가 원작이었다는 것을 알게 되었다.
한국에 도착한 후 나는 '궁'에서 보았던 경희궁을 보기 위해 서대문역으로 갔다.
궁궐에 갔을 때 나는 '궁'의 여자 주인공이 된 것 같은 기분이 들었다.
그 때 나는 '민수 오빠가 왕자가 되어 말을 타고 나타나면 얼마나 좋을까?' 하는 즐거운 상상을
해 보았다.

20XX 年 X 月 X 日 星期四

最近韓國電視可以看到小說或漫畫改編的電視劇。
我在家鄉喜歡看的電視劇是《宮》，來到韓國後才知道原來《宮》是漫畫改編的電視劇。
來到韓國後，我到西大門站去看《宮》出現過的慶熙宮。
去到宮廷，彷彿自己成為《宮》裡的女主角。
這時，我想像「民秀歐巴變成王子騎馬出現該有多好？」

1 　看韓國電視劇或電影時，覺得最有趣的場景是？請寫下場景內容並發表分享。

> 例 마지막에 병으로 죽는 주인공, 부잣집 아들과 가난한 여자의 사랑 이야기……
>
> 最後因病而過世的主角、富家兒子愛上貧窮女子的故事……

2 　韓國有「國產電影上映義務」，韓國電影院有義務要連續73天上映韓國電影。大家各自的
國家也有這種規定嗎？請寫下並討論「國產電影上映義務」的必要性與意見。

	意見	意見
我		
朋友		

總結

1 看圖完成故事。

重點詞彙 드라마

① 다영이와 함께 집에서 한국 드라마를 봐요.

重點詞彙 로맨틱하다, 프러포즈

②

重點詞彙 주말 드라마

③

重點詞彙 공포 영화

④

2 以寫作方式完成上面的故事。

②다영이는 로맨틱한 프러포즈를 받고 싶어 해요. 多英想要有一場浪漫的求婚。
③주말드라마 할 시간에 다영이는 집으로 돌아가요. 周末電視劇要開始的時候，多英回家。
④다영이와 내일 공포 영화를 보러 갈 거예요. 明天要和多英一起去看恐怖電影。

情報資訊站

● 喜歡哪一類型的電影?

로맨스 영화는 남녀 사이의 사랑 이야기나 연애 사건을 영화로 만든 것이에요.
浪漫片講述男女之間的愛情故事或戀愛事件。

코미디 영화는 재미있고 웃긴 영화를 말해요.
喜劇片是指有趣好笑的電影。

드라마 영화는 내용이 잔잔하고 감동적인 영화를 말해요.
戲劇片是指內容平靜與感動的電影。

멜로 영화는 낭만적이면서 통속적인 흥미와 선정성이 있는 영화예요.
情節劇是指浪漫通俗、煽情的電影。

공포 영화는 영화 분위기나 내용이 무서운 영화를 말해요.
恐怖片是指氣氛或內容恐怖的電影。

스릴러 영화는 미스터리한 사건이나 무서운 사건을 해결하는 영화를 말해요.
驚悚片是指解決神祕或恐怖事件的電影。

액션 영화는 무술이나 힘을 이용해 정의가 악을 이기는 내용이 많아요.
動作片主要是講述以武術或力量,正義戰勝邪惡的內容。

애니메이션 영화는 만화나 그림을 움직이는 영화로 만든 것을 말해요.
動畫片是指移動漫畫或圖片格製作的電影。

喜劇動作片?喜劇浪漫片?

最近的電影會混合不同類型製作,動作片和喜劇片結合的電影稱為喜劇動作片。混合電影類型後,可以看到更多與以往更不一樣感覺的電影。

● 認識電視台LOGO嗎?

MBC

KBS

SBS

韓國的代表性電視台,KBS是公營電視台,SBS是民營電視台;MBC雖然組織是公營,但內部是民營電視台。這些電視台都會放送時事、文化、音樂、經濟、政治、喜劇和電視劇等節目。

▶ **想了解各年齡層喜歡的音樂節目嗎？**

左邊是新歌電視節目，主要觀眾群是
10-20歲的年輕人。
右邊是可以聆聽老歌的電視節目，主要
觀眾群是50-60歲的大人。

▶ **下圖為節目表，請閱覽節目表回答以下問題。**

	KBS1	KBS2	MBC	SBS
19시	00 KBS 뉴스네트워크 30 산너머 남촌에는 HD	10 생생 정보통 HD	45 볼수록 애교만점 HD	20 세자매 HD
20시	25 바람 불어 좋은 날 HD	35 KBS 스포츠 타임 HD 50 비타민 HD	15 황금물고기 HD 55 MBC 뉴스데스크 HD	00 SBS 8시 뉴스 45 SBS 스포츠 뉴스 50 생활의 달인
21시	00 KBS 뉴스9 HD	50 KBS 6 뉴스타임 HD 55 제빵왕 김탁구 HD	45 MBC 스포츠뉴스 HD 55 로드 넘버원 HD	55 나쁜 남자 HD
22시	00 환경스페셜 HD 50 세계는 지금 HD			
23시	00 KBS 뉴스라인 HD 30 KBS 특별기획 한국전쟁 HD 재	05 추적 60분	05 황금어장 HD	05 뉴스추적

(1) MBC에서는 몇 시에 뉴스를 볼 수 있어요? _____

(2) 재방송하는 프로그램은 뭐예요? _____

(3) '제빵왕 김탁구'라는 드라마는 몇 시에 볼 수 있어요? _____

(3)21:55
(2)KBS 特別企劃 韓國戰爭
(1)20:55、21:45

Tip

公營電視台和有線電視台不一樣

公營電視台是以公共利益為主的電視台，獲取觀眾的收看費，播放公共福利的內容，如：
KBS、EBS和MBC。民營電視台是指民間企業或民間團體經營的電視台，如：SBS。纜線電視台
又稱為有線電視台，主要是以電影、音樂、體育和漫畫等專門領域的頻道。

文化 Q&A

Q 「月火電視劇」是什麼意思？

A 「月火電視劇」是僅於星期一和星期二播映的電視劇。一個星期中，電視劇分為「月火電視劇」、「水木電視劇」、「金土電視劇」和「周末電視劇」，「月火電視劇」是星期一二晚上 10 點開始播映的電視劇。每天播映的早晨電視劇或日日電視劇不納入「月火電視劇」。

Q 不能一整天看電影嗎？

A 有線電視台會有純電影的頻道，如：OCN、CGV、超級動作和 Catchon 等。Catchon 是付費頻道，需要付錢才能觀看；而在 OCN、CGV、超級動作電視台不僅可以看韓國、美國、日本和中國等電影，也可以看國外有名的電視劇。可以看韓國、美國、日本和中國等電影，也可以看國外有名的電視劇。

Q 想要看有線電視台，我不能挑選頻道嗎？

A 近期，只要在地方有線電視台公司申請就可以了。現代頻道改變，請依各家付費制度（基本型、普及型等）選擇想要看的頻道方案。韓國有線電視台協會網站為 http://www.kcta.or.kr，進去後即可看到地方有線電視台公司的費用與頻道。

Q 想看重播，只能等到假日嗎？

A Hello TV、LG U+ TV 和 SK broadband 都可以利用 VOD 功能，隨時觀看重播，而且還可以快轉或迴轉某一場面。不只有電視劇，還有新聞、紀錄片及娛樂節目可以重播觀賞。

計畫去哪裡旅行呢？

 추억 만들기 1

서로의 마음을 알게 된 민수와 조혜, 두 사람은 매일 만나 함께 시간을 보냅니다.

방학 동안 그녀는 그와 함께 특별한 시간을 보내고 싶습니다. 그와 즐거운 추억을

만들기 위해 여행을 가기로 합니다. 어디로 가면 좋을까요?

◆ 製造回憶 1

知道彼此心意的民秀和趙惠，

兩人每天都見面一起度過時光。

學校放假期間，

他和她想要一起擁有特別的時光。

所以決定去旅行製造愉快的回憶。

該去哪裡好呢？

＊旅行

동아리방에서 在社團辦公室裡

조혜 다음 달에 다영이랑 여행을 가기로 했어요.
오빠도 같이 갈래요?

민수 조혜가 가면 나도 가야지.
여행을 어디로 갈 계획이야?

조혜 아직 정하지 않았어요.

민수 부산 해운대에 가는 건 어때?

조혜 바다 보다는 다른 곳으로 가고 싶어요.

민수 그럼 안동하회마을은 어때?

조혜 하회마을? 그곳은 어떤 곳이에요?

민수 경상북도 안동에 있는 전통 마을이야.
한국 전통문화 체험도 할 수 있어.

趙惠　下個月我要和多英一起去旅行。歐巴也要一起去嗎？

民秀　趙惠去，我當然也要去。計畫去哪裡旅行啊？

趙惠　還沒有決定。

民秀　去釜山海雲台，如何？

趙惠　比起大海，我更想去別的地方。

民秀　那安東河回村，如何？

趙惠　河回村？那是什麼樣的地方？

民秀　是一個位於慶尚北道安東的傳統村莊。還可以體驗韓國傳統文化

單字註解

다음 달 下個月

（上個月（지난달）→這個月
（이번 달）→下個月（다음
달））

여행(을) 가다 去旅行

（=旅行（여행을 하다））

계획 計畫

정하다 定

（=決定（결정하다））

부산 釜山（地名）

해운대 海雲台

釜山的海水浴場

안동하회마을 安東河回村

位於慶尚北道，可以觀賞韓國
傳統房屋或傳統文化的地方

경상북도 慶尚北道（地名）

전통문화 傳統文化

체험 體驗

導讀 1 兩個人打算要做什麼？
2 他們要去哪裡旅行？

▶ **動詞+-(으)ㄹ 계획이다** 計畫　例 이번 방학에 안동으로 여행 갈 계획이에요. 這次放假計畫去安東旅行。

▶ **形容詞+-(으)ㄴ** 名詞、形容詞冠形語尾　例 가: 올해도 부산으로 여행갈까요?
A：今年也去釜山旅行嗎？
나: 아니요, 전 다른 곳으로 가고 싶어요.
B：不，我想要去別的地方旅行。

▶ **動詞+-(으)ㄹ 수 있다** 可以做～　例 안동에서는 직접 탈 만들기를 체험할 수 있어요.
在安東，可以親自體驗手作傳統面具。

詞彙學習 & 問答

1 下列為安東傳統村莊的相關照片，請在<보기>中找到相對應的詞彙。

> **보기**　기와집　초가집　하회탈　온돌　전통혼례　메주

(1) _____

(2) _____

(3) _____

(3) _____

(5) _____

(6) _____

(1) 초가집 초가집 (2) 기와집 기와집 (3) 온돌 방바닥 (4) 하회탈 양반하회탈 (5) 메주 메주 (6) 전통혼례 전통혼례 순서

2 下列是抵達安東河回村後的對話，請試著回答以下問題。

조혜	드디어 도착했어. 와! 정말 한옥 마을이네.
다영	저기 보여? 오늘 저 한옥에서 자면서 한옥 체험을 할 거야.
조혜	정말? 너무 기대된다!
민수	잠깐 거기 서봐. 우리 사진 한 장 찍자.
	하나, 둘, 셋 (㉠)
다영	오늘 오후에는 전통문화 체험을 할 거죠?
민수	응, 내가 미리 신청해 두었어.

(1) 選擇與上述內容不符的句子。

① 안동하회마을에 도착했습니다.　　② 한옥에서 잠을 자려고 합니다.

③ 전통문화 체험은 하지 않았습니다.　　④ 한옥에 들어가기 전에 사진을 찍었습니다.

(2) 括號㉠該填入什麼字？ _____

★힌트: 한국의 대표적인 음식 이름이에요.

(2) 김치(泡菜)

④ 準備要之前拍照。
③ 沒有體驗傳統文化。
② 打算在韓屋住宿。
(1) 抵達安東河回村了。

文化比一比

20XX년 X월 X일 금요일

나는 잠시 복잡한 서울에서 벗어나고 싶었다.
그것을 알고 친구가 추천해 준 것이 바로 템플 스테이였다.
템플 스테이는 1박 2일 동안 불교문화를 경험하는 것인데,
템플 스테이에서 가장 힘든 것은 새벽 3시에 시작하는
예불과 108배, 발우공양이었다. 하지만 오후에 다도를 배우고
사찰 음식을 함께 만드는 것은 재미있었다. 그리고 그곳에서 다른 나라 사람들을
많이 만나게 되었다. 불교에 관심이 있어서 온 사람도 있었고, 나처럼 복잡한 도시를 잠시 떠나
고 싶은 사람도 있었다. 템플 스테이를 하는 목적은 달랐지만 모두 새로운 경험에 즐거워했다.
나는 몸과 마음이 깨끗해지는 느낌이 들었다.

20XX 年 X 月 X 日 星期五

我想稍微脫離複雜的首爾。
朋友知道這件事後，推薦我寺廟住宿。
寺廟住宿是兩天一夜體驗佛教文化的活動，在這期間最辛苦的是從清晨三點開始拜佛、108 拜和
缽盂供養。不過，下午學習茶道和手作寺廟飲食很有趣，而且在這裡可以遇見各國的人們，有喜
歡佛教的人，也有像我一樣想脫離複雜都市的人。寺廟住宿的目的雖然不同，但全部都很享受新
體驗。感覺自己的身心被洗淨了。

1 有在韓國旅行過嗎？請寫下並發表分享最印象深刻的旅行。

 例 제주도, 경주, 서울, 부산……

　　濟州島、慶洲、首爾、釜山……

2 韓國年輕人放假後會去農村幫忙「農活」。有一些是因為參加志工活動學校會加學分，有
些則跟學分無關，自願參加志工活動獲得心靈報酬。大家各自的國家也有類似的活動嗎？
充實度過假期的方法，請寫下並討論自己的意見。

	意見	理由
我		
朋友		

1 看圖完成故事。

重點詞彙 계획을 세우다

① 동아리에서 조혜와 민수가 여행 계획을
세워요.

重點詞彙 -자고 하다

②

重點詞彙 경험하다

③

重點詞彙 -기로 하다

④

2 以寫作方式完成上面的故事。

②민수가 조혜에게 해운대로 여행을 가자고 했어요 . 民秀跟趙惠說一起去海雲台旅行。
③조혜는 한국의 전통 문화를 경험하고 싶어요 . 趙惠想要體驗韓國的傳統文化。
④민수는 조혜와 함께 하회마을에 가기로 했어요 . 民秀決定要跟趙惠一起去河回村。

● 認識韓國特產嗎？

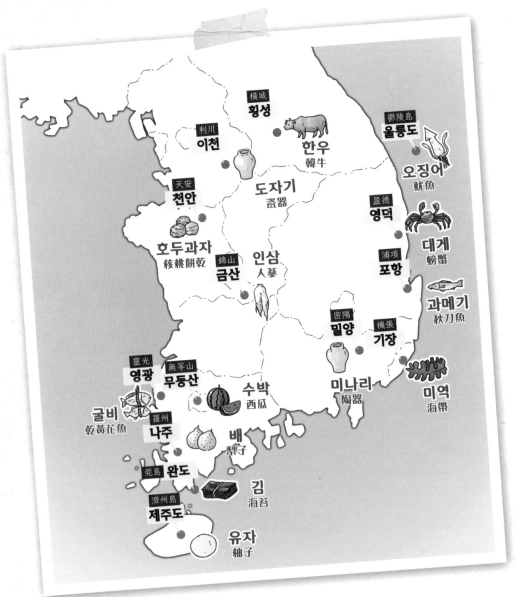

除了上圖以外，還有其他有名的特產，如釜山最有名的是東萊蔥餅；濟州島有凸頂柑和橘子。在濟州島，橘子除了生吃以外，也有販賣橘子製作的化妝品、餅乾和巧克力等。鬱陵島的南瓜蜜很有名，所以去鬱陵島旅遊的人一定會買南瓜蜜。

▶ 下列為詢問旅行社方案時的對話，請依<보기>試著打電話到旅行社諮詢。

다영　한국여행사죠?
　　　주말에 당일로 여행가고 싶은데 괜찮은 상품 있어요?
여행사　네, 내장산과 담양 죽녹원 당일 여행 상품이 있는데, 어떠세요?
다영　네, 좋아요. 언제 출발해요?
여행사　이번 주 토요일 오전 7시에 출발합니다.
다영　얼마예요?
여행사　1인당 69,000원입니다. 지금 예약하시겠습니까?
다영　아니요, 나중에 다시 전화하겠습니다.

보기

여행 상품: 당일 여행
여행지: 경기 인천 산수유 마을
출발 시간: 오전 8시
가격: 25,000원(1인)

여행 상품: 1박 2일
여행지: 대구 허브힐즈, 우방 타워랜드
출발 시간 : 오전 9시
가격: 58,000원(1인)

가: _____
나: _____
가: _____
나: _____
가: _____
나: _____
가: _____
나: _____

Tip

了解旅行商品！

自由行就如字面上的意思，自由旅行。預約飛機票和飯店後，所有行程都要自行安排，但因為行程是自行規劃，所以可以自由變更，而且與一般旅行的不同之處是在旅行期間可以做自己想要做的事。但套裝行程只要預約完成，其他事情都由旅行社代辦，而且價格較為便宜，只要跟著旅行社規劃的行程走就可以了。

Q **哪裡可以體驗到傳統文化？**

Ａ 傳統文化體驗有很多種，其中最有人氣的是韓屋體驗、農村體驗和寺廟住宿。韓屋體驗最有名的在安東河回村。網址 http://www.hahoe.or.kr，點進後可以瀏覽安東河回村的介紹及便利設施、表演和體驗等相關資訊。農村體驗在自己指定的地區申請農村體驗觀光即可。寺廟住宿可以到網址（http://www.templestay.com），便能找到韓國全國的寺廟住宿資訊，選擇自己想要的地方即可。

Q **首爾有什麼觀光地嗎？**

Ａ 如果想要觀賞韓國以前的宮廷，可以到景福宮、慶熙宮、德壽宮、昌德宮與後院，以及昌慶宮。另外，如果想要了解韓國歷史，可以到國立中央博物院；想要在首爾體驗傳統韓屋，則可以到北村韓屋村。以及，若想要看到首爾變化的樣貌，推薦清溪川廣場。最後，如果想要眺望首爾夜景，可以到 N 首爾塔、樂天世界塔，或者到漢江搭乘遊覽船也不錯。

Q **有名的地方節慶是？**

Ａ 京畿道是橫城節和水源排骨節有名。江原道有太白山雪花節，忠清北道有小白山大字杜鵑節，忠清南道有保寧泥漿節，濟州島有柑橘節、濟州油菜花節。而慶尚北道的慶典有清道鬥牛，全羅北道則有內藏山楓葉節，全羅南道向日庵日出節。

Q **暑假有什麼值得去的節慶嗎？**

Ａ 夏天釜山有釜山大海節，可以在海裡玩水、觀賞歌手表演和參與親身體驗活動。冬天在江原道有大白山雪花節和大關嶺雪花節，可以觀賞雪景。

第15課 這是什麼表演？

 추억 만들기 ll

조혜와 민수, 그리고 다영, 세 사람은 함께 안동하회마을로 여행을 갔습니다.

조혜는 한옥 온돌방에서 잠을 자본 적이 없기 때문에

온돌에서 자는 것이 정말 기대됩니다.

기대로 가득 찬 하회마을에서는 또 어떤 일이 벌어질까요?

◆ 製造回憶 2

趙惠、民秀和多英三人一起去安東河回村旅行。

趙惠不曾在韓屋火炕房睡過覺，

所以非常期待。

在期待滿滿的河回村裡，

又會發生什麼事呢？

한옥 앞에서 在韓屋前

다영 역시 여름에는 한옥이 시원해. 바닥에서 자는 게 불편하지 않았어?

조혜 아니, 괜찮았어.

다영 한옥의 온돌 바닥은 겨울에는 따뜻하고 여름에는 시원해.

多英 果然夏天在韓屋很涼爽。你睡在地板上沒有不舒服嗎？

趙惠 不會，沒關係。

多英 韓屋的火炕地板冬暖夏涼。

하회마을 야외 공연장에서 在河回村的戶外表演場地

조혜 와! 사람들이 많이 모여 있어요. 무슨 공연이에요?

민수 꽹과리, 징, 장구, 북, 이 네 가지 악기로 연주하는 사물놀이야.

조혜 정말 재미있을 것 같아요.

민수 공연이 끝난 후에 우리도 사물놀이를 배워 보자.

趙惠 哇！好多人聚在這裡。是什麼表演嗎？

民秀 這是由鼓、長鼓、大鑼和小鑼 四種打擊樂器組成的四物打擊樂。

趙惠 好像很有趣。

民秀 表演結束後我們也來學四物打擊樂吧。

單字註解

한옥 韓屋
韓國傳統房屋
시원하다 涼爽
여름 夏天
바닥 地板
불편하다 不舒服
（↔舒服（편하다））
온돌 火炕
따뜻하다 溫暖（↔冷（차다））
야외 공연장 戶外表演場地
모이다 聚集
（「모으다」的被動詞）
사물놀이 四物打擊樂
악기 樂器
재미있다 有趣
（↔無趣（재미없다））
끝나다 結束
（↔開始（시작하다））
배우다 學習
（用法：을/를 배우다）

導讀
1 他們在哪裡睡覺？
2 四物打擊樂是什麼？

重點文法

▶ **形容詞+-지 않다** 不 例 등산은 힘들지 않아요. 재미있어요. 爬山不累，很有趣。

▶ **動詞+-아/어/여 있다** 正在（處於某種狀態） 例 민수 씨가 온돌 바닥에 누워 있어요. 民秀躺在火炕地板上。

▶ **動詞+-는** 名詞 冠形語尾（現在式） 例 지금 장구를 치는 사람이 김덕수 씨예요. 正在敲長鼓的人是金德秀。

1 下列為韓國傳統表演的相關照片，請在<보기>中找到相對應的詞彙。

> **보기** 탈춤　강강수월래　외줄타기　판소리　마당놀이　사자춤

(1) _____

(2) _____

(3) _____

(4) _____

(5) _____

(6) _____

(1) 強羌水越來강강수월래 (2) 走鋼索표演외줄타기 (3) 假面舞탈춤 (4) 說唱藝術판소리 (5) 民俗戲劇마당놀이 (6) 獅龍舞蹈사자춤

2 下列為回到首爾，各自回家前的對話，請試著回答以下問題。

> 다영　벌써 여행이 끝났네요. 다음에는 제 남자 친구도 같이 가요.
> 민수　좋아. 기대할게.
> 조혜　다영아, ㉠네 덕분에 이번 여행 정말 재미있었어.
> 다영　나도 그래. 오랫동안 기억에 남을 거야.
> 　　　 피곤하겠다. 집에 가서 푹 쉬어.
> 조혜　그래, ㉡너도.
> 민수　조심히 잘 들어가.

(1) 請選出與㉠畫線不同意思的句子。
　　① 다영이 때문에 조금 밖에 못 봤어요
　　② 다영이와 함께 여행해서 재미있었어요
　　③ 다영이와 안동만 구경했지만 즐거웠어요
　　④ 다영이가 여행 계획을 잘 짜서 편하게 여행할 수 있었어요

(2) 請問㉡畫線處的意思是？ _____

(1) ①因為多英，我只看到了一點點。
②多英一起旅行一起開心。
③雖然多英只逛了安東，但很開心。
④多英好好安排了旅行計畫，讓我們能輕鬆旅行。

(2) 「你也」是「你也去好好休息」的意思。

文化比一比

20XX년 X월 X일 토요일

오늘 안동하회마을에 놀러갔을 때의 일이다.

하회마을에서 사물놀이도 보고 전통 체험도 하고

정말 즐거운 하루였다. 나는 한옥으로 돌아와 쉬는데

갑자기 배가 아팠다. 화장실에 가고 싶었다.

방밖으로 나와 옆 방문을 열었지만 화장실이 아니었다.

한옥의 모든 방문을 열었지만 한옥에는 화장실이 없었다.

나가는 사람에게 화장실이 어디에 있느냐고 물었다. 이럴 수가! 화장실이 집 밖에 있다니 ……

만약 지나가는 사람에게 묻지 않았다면 나는 큰 실수를 할 뻔했다.

20XX 年 X 月 X 日 星期六

這是今天在安東河回村玩樂時發生的事。

在河回村觀賞四物打擊樂表演、體驗傳統文化，是非常愉悅的一天。

我回到韓屋休息的時候突然肚子痛，想要去洗手間。

雖然走到房外打開旁邊的房間，發現不是洗手間。

打開韓屋所有的房門，但都沒有洗手間居然，所以我詢問要出門的人洗手間在哪裡。

怎麼可能！洗手間居然在房子外……

如果沒有問路人，我差點就要犯下大錯了。

---

1 大家有體驗過韓屋嗎？請寫下在韓屋體驗中發生最有趣和最辛苦的事情並發表分享。

　　例 방바닥에서 잠자기, 화장실 사용하기, 신발 벗기……

　　　　睡在房間地板上、上洗手間、脫鞋……

2 2010年8月，韓國傳統村莊安東河回村和慶洲良洞民俗村被列入世界遺產委員會的世界遺產之一。這消息不僅造成國內旅遊觀光客增加，也吸引國外觀光客前往。大家各自的國家有類似的文化遺產嗎？請寫下並討論傳統村莊保存的意見。

	意見	理由
我		
朋友		

1 看圖完成故事。

重點詞彙 이불을 개다

① 아침에 일어나 이불을 개었어요.

重點詞彙 공연장, 구경하다

②

重點詞彙 -을/를 치다

③

重點詞彙 작별 인사

④

2 以寫作方式完成上面的故事。

②공연장에서 사물놀이 공연을 구경해요. 在表演場地看四物打擊樂。
③꽹과리, 장구, 북을 쳐요. 敲打鼓、長鼓和鑼。
④여행지에서 돌아와 작별 인사를 해요. 從旅行地回來，互相道別。

情報資訊站

● 可以在韓國觀賞的表演種類有哪些？

사물놀이
四物打擊樂

四物打擊樂是鼓、長鼓、大鑼和小鑼四種打擊樂器組成的演奏表演，但它不是傳統表演，它以韓國傳統節奏為中心，始於1978年。以前稱為風物表演，在外站著演奏，現在也會在室內坐著表演。

탈춤
假面劇

假面劇是戴著河回面具表演的傳統假面劇。表演中的河回面具都有自己的名字，根據新娘子、屠夫、書生、兩班貴族和老奶奶等角色命名。

마당극
民俗劇

民俗劇是在庭院空曠的地方，觀眾圍繞看戲的表演。1970年代後，變為統稱假面劇、四物打擊樂和盤索里等傳統表演和西洋演劇。近年來，民俗劇又稱為民俗遊戲。

● 認識韓國節慶的傳統遊戲嗎？

農曆新年

윷놀이
擲栖遊戲

제기차기
踢毽子

널뛰기
朝鮮跳板

연날리기
放風箏

過農曆新年的時候家人會聚在一起玩擲栖遊戲和踢毽子，而且因為是冬天，也會在冰塊地上轉陀螺，風大的日子放風箏。

中秋節

씨름
摔角

줄다리기
跳繩

강강술래
強羌水越來

가마싸움
騎馬打仗

中秋節時，大家在滿月下聚在一起玩。村民們聚在一起跳繩和舉辦摔角大賽，以及大家牽手玩強羌水越來。

▶ **大家有看過傳統表演嗎？請寫下觀賞心得。**

공연: 사물놀이
내용: 장구, 꽹과리, 북, 징으로 연주. 공연 마지막
　　　에 다 같이 춤을 춤.
느낌: 신난다. 아직도 흥겨운 리듬을 잊을 수 없다.

저는 사물놀이를 본 적이 있어요. 사물놀이는 장구,
꽹과리, 북, 징으로 연주하는 거예요. 공연 마지막에는
다 같이 춤을 췄어요. 그래서 너무 신났어요. 흥겨운 리듬을
지금도 잊을 수 없어요.

공연:
내용:
느낌:

Tip

表達好看的表演或電影心得時可以使用這些表達方法！

① 정말 감동적이었어요. 真的很感動。

② 오랫동안 기억에 남을 거예요. 我會一直記得的。

③ 인상이 깊어요. 印象很深刻。

④ 생생하게 기억나요. 記憶還栩栩如生。

⑤ (지금도) 눈에 선해요. / 보이는 듯해요. / 들리는 듯해요. （現在彷彿）在眼前/看得到/聽得到的樣子。

⑥ 가슴이 뭉클했어요. 心裡悸動。

⑦ 환상적이었어요. 非常夢幻。

⑧ 코끝이 찡했어요. 很鼻酸。

文化 Q&A

Q 想看傳統表演，要看哪一種好？

A 想聽歡樂的節奏，那就四物打擊樂，它可以聽到韓國傳統的節奏音樂。如果想要看傳統舞蹈和有趣的戲劇表演，則推薦假面劇。另外，如果想要觀賞類似西方音樂劇的表演，那就是民俗遊戲。民俗遊戲有傳統故事春香傳和沈清傳等的表演，利用盤索里演唱，表演與現代劇相似，大家都可以輕鬆看懂。

Q 有沒有韓國語不好也能看的表演？

A 首先，有「亂打（Nanta）表演」。亂打表演是沒有台詞的動作表演，使用砧板、水桶和廚刀等廚房用品當作樂器演奏跟四物打擊樂相似的節奏音樂。除此之外，音樂劇《JUMP》是跆拳道表演，不只有跆拳道，也結合嘻哈、街舞、踢踏舞和各種武術，非常活潑。最後還有舞台劇《愛上 B-boy 的芭蕾女舞者（Ballerina Who Loved a B-boy）》，講述一位芭蕾女舞者愛上跳嘻哈舞蹈的 B-boy 故事，同時觀賞好看的舞蹈與劇情。

Q 在哪裡可以看到傳統表演？

A 在首爾市中心也可以看得到傳統表演。韓國文化之家 http://www.kous.or.kr 網址點進後，裡面也常有傳統表演及提供外國人的韓國傳統文化體驗。另外，透過三清閣官方網站 http://www.samcheonggak.or.kr，也可以體驗韓國料理、傳統音樂和韓服。

Q 想要看演劇，哪裡可以看得到？

A 很多地方都有演劇表演，到大學路前或弘毅大學前就可以看得到了。搭乘地鐵到惠化站 2 號出口，有很多在大學路宣傳演劇的人，他們會介紹在表演什麼，可以輕鬆了解到演劇內容。

第 **16** 課　嗯？
什麼是 119 ？

 깊어지는 마음

여행을 다녀온 후 민수는 논문 준비로, 조혜는 수업 준비로 바빠서 서로 만날 시간
이 없었는데 드디어 오늘 민수는 조혜와 만나기로 했습니다. 하지만 시간이 지나도
조혜는 나타나지 않고 연락도 되지 않습니다. 무슨 일이 생긴 것은 아닐까요?
민수는 너무 걱정되어 조혜의 집으로 달려갑니다.

◆ 沉重的心情

旅行後，民秀忙著準備論文，
趙惠忙著上課，彼此沒有時間見面。
終於在今天，民秀決定要去找趙惠了。
但是隨著時間過去，趙惠一直沒有出現，
也聯絡不上。是不是發生什麼事了？
民秀很擔心，跑去趙惠家。

병실에서 在病房裡

민수 조혜야, 정신이 들어?

조혜 여기가 어디예요?

민수 병원이야.
네가 방에 쓰러져 있기에 데리고 왔어.

조혜 요즘 몸이 좀 좋지 않았어요.

민수 열이 펄펄 끓었어. 아프면 나에게 전화를 했어야지.

조혜 미안해요.

민수 다음부터는 무슨 일이 있으면 꼭 나한테 전화해. 만약에
내가 전화를 받지 않으면 119에 전화해도 돼.

조혜 네? 119라고요?

민수 응, 119에서는 아픈 사람의 신고를 받고 도와주러 오거든.

單字註解

정신이 들다 恢復意識

병원 醫院

쓰러지다 昏倒

요즘 最近
(=近期（최근）)

열 發燒

펄펄 끓다 滾燙

아프다 生病
(↔健康（건강하다）)

만약에 假設
(=萬一（만일에）)

도와주다 幫忙

民秀　趙惠啊，你還好嗎？

趙惠　這裡是哪裡？

民秀　這裡是醫院。你昏倒在房間，我帶妳過來的。

趙惠　最近身體不是很好。

民秀　全身發燙。不舒服應該要打給我啊。

趙惠　對不起。

民秀　下次有事情一定要打給我。我沒接電話的話，打給 119 也可以。

趙惠　嗯？119？

民秀　恩。119 接到生病者的通報會過來幫忙。

導讀
1 現在趙惠在哪裡？
2 緊急情況時，要撥打什麼號碼？

重點文法

▶ **動詞+-기에** 因為～所以～ 例 날씨가 덥기에 창문을 열었어요. 因為天氣熱，所以開窗戶。

▶ **形容詞+-(으)면** ～的話 例 내일 바쁘면 회의에 참석하지 않아도 괜찮아요.
明天忙的話，不參加會議也沒關係。

▶ **動詞+-아/어/여야지** 應該要～啊 例 몸이 안 좋으면 무리하지 말고 쉬어야지.
身體不好，不要勉強，要休息啊。

詞彙學習 & 問答

1 下列為緊急電話的相關圖片，請在<보기>中找到相對應的詞彙並進行連連看。

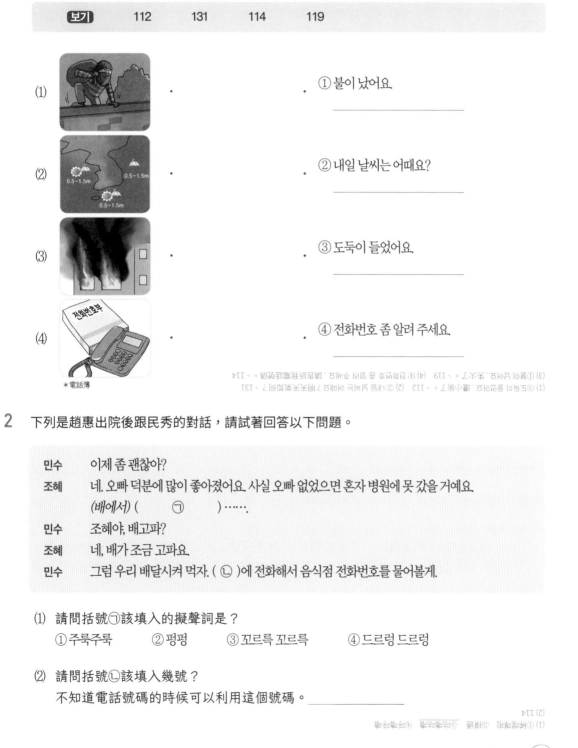

보기　　112　　131　　114　　119

(1) ・　　　　　　　　・　① 불이 났어요
　　　　　　　　　　　　　_____

(2) ・　　　　　　　　・　② 내일 날씨는 어때요?
　　　　　　　　　　　　　_____

(3) ・　　　　　　　　・　③ 도둑이 들었어요
　　　　　　　　　　　　　_____

(4) ・　　　　　　　　・　④ 전화번호 좀 알려 주세요
*電話簿　　　　　　　　　　　_____

(3) ③ 불이 났어요, 失火了。119　(4) ④ 전화번호 좀 알려 주세요, 請你告訴我電話號碼。114
(1) ③ 도둑이 들었어요, 遭小偷了。112　(2) ② 내일 날씨는 어때요? 明天天氣如何？131

2 下列是趙惠出院後跟民秀的對話，請試著回答以下問題。

민수	이제 좀 괜찮아?
조혜	네. 오빠 덕분에 많이 좋아졌어요. 사실 오빠 없었으면 혼자 병원에 못 갔을 거예요. *(배에서)* (㉠) …….
민수	조혜야, 배고파?
조혜	네, 배가 조금 고파요.
민수	그럼 우리 배달시켜 먹자. (㉡)에 전화해서 음식점 전화번호를 물어볼게.

⑴ 請問括號㉠該填入的擬聲詞是？
　　① 주룩주룩　　　② 펑펑　　　③ 꼬르륵 꼬르륵　　　④ 드르렁 드르렁

⑵ 請問括號㉡該填入幾號？
　　不知道電話號碼的時候可以利用這個號碼。_____

(2) 114
(1) ① 嘩啦嘩啦　② 碰碰　③ 咕嚕咕嚕　④ 呼嚕呼嚕

文化比一比

20XX년 X월 X일 일요일

나는 집에 돌아가기 위해 지하철역으로 갔다.
열차를 기다리는데 앞에 계시던 할머니가 쓰러지면서
지하철 선로 아래로 떨어졌다. 나는 너무 놀라서 가만히
서 있는데 내 뒤에 있던 청년이 갑자기 선로 아래로 뛰어
내려가더니 "119 불러주세요."라고 외치며 할머니를 업었다.
119? 불이 나면 전화하는 곳? 그곳에 왜 전화를 하지?라고 생각했다. 그러다 내가 전에 병원에
입원했을 때 민수 오빠가 했던 말이 기억났다. 나는 급히 119로 전화를 걸었고 다른 사람들은 청
년을 도와 할머니를 위로 끌어당겼다. 몇 분이 지나지 않아 119구급대원이 와서 할머니를 병원으
로 모시고 갔다. 나는 용감한 한국 청년의 모습과 119구급대원의 빠른 출동에 감동했다.

20XX 年 X 月 X 日 星期日

我走去地鐵站要搭車回家。

等待列車時，前面有一位老奶奶暈倒跌入下方軌道。我太驚訝以至於動彈不得，突然後面有一位
的青年跳入軌道，大喊「請呼叫 119」，並背上老奶奶。119？火災發生時打電話的地方？為什
麼要打電話到這裡？我突然想起之前住院時民秀歐巴說過的話。我立刻打 119，其他人協助青年
一起把老奶奶拉上月台。過沒幾分鐘，119 急救人員將老奶奶載到醫院去。看到韓國勇敢的青年
和快速出動的 119 急救人員，我很感動。

1 有打過緊急電話嗎？請寫下發生的事情並發表分享。

예 119, 131, 114⋯⋯

2 想在韓國輕鬆使用手機APP，常需要提供自己的個人或位置資訊。因此，經常會發生個人
資訊外洩的問題。大家各自的國家也有類似的情形嗎？請寫下個人意見並討論。

	意見	理由
我		
朋友		

總結

1 看圖完成故事。

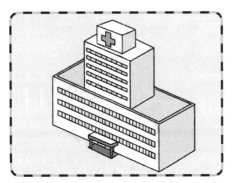

重點詞彙 쓰러지다

① 조혜가 쓰러져서 병원에 왔어요.

重點詞彙 119

②

외국인 통역 서비스

한국말을 잘 못해요.

重點詞彙 외국인 통역 서비스

③

114

전화번호를 몰라요.

重點詞彙 114

④

2 以寫作方式完成上面的故事。

②불이 났을 때나 아플 때 119에 전화하면 도와줄 거예요. 失火或生病的時候打電話給 119，會有人來幫忙。
③한국말을 잘 모를 때는 외국인 통역 서비스를 이용하세요. 不會說韓國語的時候，可以使用外國人通譯服務。
④전화번호를 모를 때는 114에 전화하세요. 不知道電話號碼的時候，可以撥打 114。

情報資訊站

● 知道韓國地區號碼嗎？

地區號碼

서울 02
강원 033
인천 032
경기 031
충북 043
충남 041
경북 054
대전 042
대구 053
울산 052
전북 063
경남 055
광주 062
부산 051
전남 061
제주 064

電話號碼怎麼念：

一般市話：

<u>02)</u>   <u>123</u> - <u>4567</u>
 ⇩   ⇩   ⇩
공이 일이삼 에 사오육칠
공이 백이십삼 국에 사오육칠

手機號碼：

<u>010</u> - <u>1029</u> - <u>5431</u>
 ⇩   ⇩   ⇩
공일공 다시 일공이구 다시 오사삼일
공일공 에 하나공이구 에 오사삼하나

使用家用電話時，同一地區不需要撥打地區號碼，打電話號碼即可；但跨區打電話的時候，一定要加地區號碼。此外，使用手機撥打朋友的家用電話或學校電話時，一定要加地區號碼。

● 該如何打電話到各位的國家？

一般市話：
國家號碼+去0的地區號碼+電話號碼
例 82 + 51 + 123 - 4567

手機電話：
國家號碼+去0的電話號碼
例 82 + 10 - 234 - 5678

國家	號碼
大韓民國	82
德國	49
俄羅斯	7
蒙古	976
美國	1

國家	號碼
越南	84
印度尼西亞	62
日本	81
中國	86
澳洲	61

在韓國，大家想打電話到自己的國家，一定要先按國際電話公司號碼再按國家號碼。國際電話公司有KT（001）、LG電信（002）和SK電信（00700）等。

▶ **下列為緊急電話號碼，該如何通話？**

犯罪申告	112		交通情報	1333
火災、緊急、救助申告	119		緊急疾病諮詢與醫院查詢	1339
水管不通申告	121		女性暴力受害者	1366
電器故障申告	123		天氣預報	131
郵局民訴管道	1300		電話號碼查詢	114

보기

119

★ 불이 났어요.

가: 여보세요? 119죠? 여기에 불이 났어요.

나: 네, 천천히 말해 주세요. 그곳이 어디예요?

가: 신림동 ○○○ - ○○ 이에요.

나: 네, 바로 출동하겠습니다.

수도가 고장 났어요.   **121**

가: _____

나: _____

가: _____

나: _____

가: _____

나: _____

Tip

如果用手機撥打114的話？

一般使用家用電話撥打114可以查詢電話號碼，但使用手機撥打114會連接到手機通訊社的客服中心。如果想要使用手機查詢電話號碼的話，要撥打「地區號碼（02）+114」，而且撥打「地區號碼（02）+114」不僅是首爾地區，還可以查詢到大田、大邱、釜山漢光州等全國地區的電話號碼。查詢之電話號碼也可以透過手機簡訊接收。

文化 Q&A

Q 若有首爾相關的疑問要打去哪裡問？

A 請撥打 120 到 DASAN 電話客服中心，會有親切的專業客服人員回答首爾市相關的事情或疑問，如：首爾的文化活動、交通、住宅資訊、免費法律諮詢等，365 天 24 小時全天服務。不用擔心，也有通譯服務，有任何問題隨時都可以致電。

Q 請問有專門為外國人的電話服務嗎？

A 是，有的。撥打 1345 會連接到外國人綜合客服中心。外國人綜合客服中心提供 20 種語言（韓國語、中文、日文、越南語、台語、日語、蒙古話、印尼語、法語、孟加拉語、巴基斯坦語、俄語、荷蘭語、柬埔寨語、緬甸語、德語、西班牙語、菲律賓語、伊朗語、斯里蘭卡語等）以上的諮詢服務。可在這裡詢問外國人登錄、出入境與身分證辦理相關事項、外國人留學與就業相關事項，以及提供結婚移民者與外國勞工各種資訊。

Q 韓國語不好的外國人也可以透過電話了解旅行資訊嗎？

A 韓國觀光社的觀光引導電話是 1330，可以使用英文、中文和日文通話。撥打 1330 可以得到韓國觀光資訊與通譯服務。尤其這裡是 24 小時全天無休營業，隨時都能取得情報。使用一般市話或公共電話，只需要撥打 1330，如使用手機則須加地區號碼（例：首爾 02-1330）。

你會說方言嗎？

 알아가기

조혜는 민수의 옆에 앉아서 친구와 전화 통화를 하고 있는 민수를 보고 있습니다.

그런데 그녀는 지금 민수가 무슨 말을 하고 있는지 이해할 수 없습니다.

민수가 하는 말은 한국말도 아니고 외국어도 아닌 것 같습니다.

민수는 지금 무슨 말을 하고 있는 걸까요?

◆ 深入了解

趙惠坐在民秀旁邊看他跟朋友通電話。

但她聽不懂民秀在說什麼。

民秀說的話既不像韓國語，也不像外語。

民秀到底在說什麼呢？

커피숍에서 在咖啡廳裡

사투리

끊는데이

민수　알았다. 그럼 전화 끊는데이.

조혜　끊는데이? 그게 무슨 뜻이에요?

민수　조혜는 부산 사투리를 모르는구나.

조혜　네, 오빠는 사투리를 할 수 있어요?

민수　응. 내 고향이 부산이거든.

조혜　저는 사투리를 모르는데 부산 사람과 어떻게 이야기해야 하죠?

민수　그냥 표준어를 쓰면 돼.
　　　그래도 사투리를 알면 부산에서 생활하기 편할 거야.

조혜　저도 부산 사투리를 배우고 싶어요. 한마디만 가르쳐 주세요.

민수　그럼 따라 해봐. "오빠야, 밥 뭇나?"

民秀　知道了。那我電話掛囉。

趙惠　掛囉？那是什麼意思？

民秀　趙惠不會釜山方言啊。

趙惠　嗯，歐巴會說方言嗎？

民秀　嗯，我故鄉在釜山。

趙惠　我不懂方言，要怎麼跟釜山人說話？

民秀　說標準語就可以了。不過會方言的話，在釜山生活比較方便。

趙惠　我也想要學釜山方言，只要教我一句就好了。

民秀　那妳跟著我念：「歐巴呀，吃飯了沒？」

單字註解

전화를 끊다 掛電話
（↔打電話（전화를 걸다））

사투리 方言
某一地區使用的非標準語
（=방언）

쓰다 使用（=사용하다）

고향 故鄉
自己出生的地方

이야기하다 說話
（用法：을/를 이야기하다、-에 대해 이야기하다）

끊는데이 掛囉
「掛了（끊습니다）」的意思

밥 뭇나 吃飯了沒
「吃飯了嗎？（밥 먹었니?）」的意思

導讀　1 跟地方朋友說話時，應該要知道的是？
　　　2 民秀說的方言是什麼？

 重點文法

▶ **形容詞+-(으)ㄹ 거야** 會～（未來式）　例 가: 생일 선물로 향수 괜찮을까? A:生日禮物送香水，如何？
　　　　　　　　　　　　　　　　　　　　　　나: 응, 좋아할 거야. B:恩，他會喜歡的。

▶ **名詞+만** 只；唯　例 가: 생일 선물로 뭐 받고 싶어? A:想收到什麼生日禮物？
　　　　　　　　　　　　　나: 너만 있으면 돼. B:只要有你就夠了。

詞彙學習 & 問答

1 下列為各地方的方言與地名，請參考「情報資訊站」進行連連看。

(1) 어데 가노?　　·　　　　·① 충청도

(2) 어디 가드래요?　·　　　　·② 경상도

(3) 어디 가냐잉?　·　　　　·③ 전라도

(4) 어디 가유?　　·　　　　·④ 강원도

(5) 어디 가심?　　·　　　　·⑤ 제주도

(1) ② (2) ④ (3) ③ (4) ① (5) ⑤

2 會說方言嗎？請和朋友說說看。

3 下列為多英購物完後跟趙惠的對話，請試著回答以下問題。

> 다영　　아! 지름신 때문에 이번 달 용돈을 다 썼어.
> 조혜　　지름신은 정말 나쁜 ㉠사람이구나!
> 다영　　하하하. 지름신은 사람이 아니야.
> 　　　　내가 나도 모르게 돈을 많이 썼다는 뜻이야.
> 조혜　　그렇구나. 뭘 샀어?
> 다영　　아주 예쁜 구두를 샀지.
> 조혜　　혹시 ㉡'신상'이야?
> 다영　　와! 조혜는 이제 '신상'이라는 말도 아는구나!

(1) 請將劃線㉠改為敬語用法。 ＿＿＿＿＿＿＿＿＿＿＿＿

(2) 請選出與內文劃線㉡最相似的詞彙
　　① 새로 만든 물건　　　　② 새로 나온 물건
　　③ 새로 고친 물건　　　　④ 새로 산 물건

文化比一比

20XX년 X월 X일 월요일

나는 지난주에 친구와 함께 부산으로 놀러갔다.

부산 친구 집에 도착한 그날 저녁 친구와 친구의 어머니는

밥을 먹으면서 사투리로 싸우기 시작했다.

두 사람 다 웃는 얼굴이었지만 목소리가 높았고 강한

어조로 이야기하고 있었다. 혹시 내가 부모님의 초대 없이

와서 화가 나신 것일까? 나는 걱정이 되어서 친구에게 어머니께서

무엇 때문에 화가 나신 것인지 물었다.

친구는 웃으며 싸운 것이 아니라고 말했다. 친구는 부산 사투리가 강하고 목소리가 크기 때문에

싸우는 것처럼 들렸을 것이라고 했다. 나 때문에 싸운 것이 아니라서 다행이었다.

20XX 年 X 月 X 日 星期一

我上周和朋友去釜山玩。

抵達釜山朋友家的那天晚上，我和朋友、朋友的母親一起吃飯，他們開始用方言吵架。

兩個人雖然都是笑臉，但用很高亢強悍的語調說話。難道是我在沒有父母的邀請之下過來，所以生氣了嗎？我很擔心，詢問朋友為何他母親生氣。

朋友笑著說沒有吵架，因為釜山方言比較強悍有力，所以誤認為是吵架了。還好不是因為我吵架。

1　請寫下有關方言發生的趣事並發表分享。

　　예 무슨 뜻인지 이해 못했던 일, 사람들이 싸우는 줄 알았던 일……

　　　不知道是什麼意思、以為人們在吵架……

2　聯合國教育、科學及文化組織為了減少不識字者，頒發「世宗大王獎」給一般人或團體，接受「韓文優秀性」的國際認可。不過韓國使用很多外來語，流行各種新造語或縮寫語，導致韓文特色逐漸消失。大家各自國家也有類似的情形嗎？請寫下關於語言簡化的意見並討論。

	意見	理由
我		
朋友		

1 看圖完成故事。

重點詞彙 친구, 전화하다

① 민수는 친구와 전화를 하고 있어요. _____

重點詞彙 부산 사투리

② _____

重點詞彙 고향

③ _____

重點詞彙 한마디

④ _____

2 以寫作方式完成上面的故事。

_____

_____

_____

②민수는 부산 사투리를 할 수 있어요. 民秀會說釜山方言。
③민수의 고향은 부산이에요. 民秀的故鄉是釜山。
④조혜는 민수에게 부산 사투리 한마디를 배워요. 趙惠跟民秀學一句釜山方言。

情報資訊站

● **認識各地區名稱嗎?**

韓國各地方講話的方式都有一點不一樣,非標準語的地方話稱為方言。

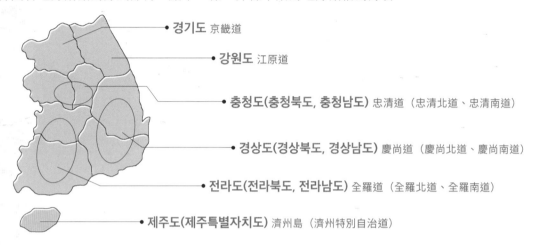

경기도 京畿道
강원도 江原道
충청도(충청북도, 충청남도) 忠清道 (忠清北道、忠清南道)
경상도(경상북도, 경상남도) 慶尚道 (慶尚北道、慶尚南道)
전라도(전라북도, 전라남도) 全羅道 (全羅北道、全羅南道)
제주도(제주특별자치도) 濟州島 (濟州特別自治道)

● **來瞭解一下方言吧?**

地區	特徵	例句
강원도 江原道	語調上揚,語氣強勢,結尾通常是「~요」和「~사」。江原道北邊接近北韓方言,南邊跟慶尚道方言相似,西邊跟京畿道或忠清道相似。	아니드래요. (아니에요.)
충청도 忠清道	語調柔順,說話慢,語尾拉長說話。敬語使用「~유」,半語則為「~여」結尾。	아녀유. (아닙니다.) 아녀. (아니야.)
전라도 全羅道	說話簡潔,文句最後多會出現「~잉」、「~디」、「~재」、「~당께」。在全羅道,很常使用「거시기(那個)」,代替彼此知道的詞彙。	아니랑께. (아니.)
경상도 慶尚道	語調常往前衝,短而有力,所以容易被誤認是在吵架。現在受到電視節目影響,雖然用方言的語調,但使用標準語的詞彙。	아입니더. (아닙니다.) 아이라예. (아니에요.)
제주도 濟州島	一般人聽了難以理解。敬語使用「~시」、「~우」,等同於「~아/어/여요」的意思。	아니마시. (아닙니다.) 아니우다. (아니에요.)

▶ **下列為加入方言的電影和電視劇。請參考以下內容回答問題。**

電影名稱	地區方言
歡迎來到東莫村 웰컴투 동막골	江原道方言
家門的榮光 가문의 영광	全羅道方言
赤腳的基奉 맨빌의 기봉이	忠清道方言
飄洋過海愛上你 탐나는 도다	濟州島方言
朋友 친구	慶尚道方言

(1) 請尋找下列文句各為哪一部電影或電視劇的台詞。

台詞	電影名稱
우릴 어떻게 보겠는가잉?	
고마 해라! 마이 묵었다 아이가.	
글시유. 지는 모르겠구먼유.	
스미스요? 그럼 성이 '스'래요?	
윌리엄도 죽을 수 있지 않으우까?	

(2) 大家有聽過或會哪一些方言嗎？

(5) 飄洋過海愛上你
(4) 歡迎來到東莫村
(3) 赤腳的基奉
(2) 朋友
(1) 家門的榮光

> 보기
>
> **가가 가가?**
>
> **해석:** 그 아이가 그 아이니?

Tip

有趣的方言商標！

無論是人名或商標名都很重要，以及很多商標名都使用英文命名，但最近使用韓文字和方言命名的商品很有人氣。大田的公共腳踏車命名為「타슈（請搭乘）」；釜山和慶南地區有「단디（確實、無縫、堅固)卡片」、「좋다카이（不是很好嗎？）燒酒」；濟州島則推出「복대강（看到了嗎？）衣服」。

Q 哪一個地區的方言最難？

A 沒有辦法說哪一個地區的方言最難，對不熟方言的人來說，每個方言都很難。不過韓國人覺得最難的方言是濟州島方言。江原道、全羅道、忠清道和慶尚道常有機會可以在電視上聽到，參入方言的有名電影也不少。但是濟州島是韓國人不能常聽到的方言，所以常常聽不懂。

Q 去釜山玩，不懂方言也沒關係嗎？

A 不用擔心，沒關係的。雖然韓國有方言，但聽不懂也不會有溝通困難的問題。最近，使用方言的人比以前更少了，所以對話、問路或生活都沒有問題。

Q 「신상」是什麼意思？

A 最近新出流行的語言稱作新造語，「新品」屬於新造語之一。「新品신상」是「新商品신상품」的縮減，因為韓國藝人常在電視節目上使用，所以已成全國通用的詞彙。除此之外，新造語還有「媽朋兒엄친아」和「媽朋女엄친딸」，全名是「媽媽朋友的兒子엄마 친구 아들、媽媽朋友的女兒엄마 친구 딸」係指有能力、長相漂亮帥氣、什麼事都做得很好的人。

Q 「핵인싸」是什麼意思？

A 「核핵」表示非常巨大，「인싸」是「인사이더 (insider)」的縮寫，指很好親近的人，兩個詞彙組成「人脈王핵인싸」。不同於與群體無法融洽的邊緣人，在群體中過得非常好的人稱為「人脈王」。除此之外，新造語還有「小確幸소확행 (細碎但確實的幸福소소하지만 확실한 행복)」、「工作生活平衡워라 밸 (Work and Lift Balance、工作與生活的平衡일과 삶의 균형)」、「性價比가심비 (價格對比性能好的商品가격 대비 성능이 좋은 제품)」，這種藉由性價比消費獲得心理滿足的合成語。還有「突然冷場갑분싸 (突然氣氛冷掉갑자기 분위기 싸해짐)」、「TMI (Too much information)」、「交卡儲버카충 (交通卡儲值버스카드충전)」、「取尊취존 (取向尊重취향 존중)」、「冰美아아 (冰美式咖啡아이스 아메리카노)」等。

第18課 收到情書很驚訝吧？

 고백

조혜의 집으로 편지가 한 통 왔습니다.

한국에서 처음 받아 보는 편지입니다. 누가 그녀에게 편지를 썼을까요?

그녀는 어떤 내용인지 빨리 읽어 보고 싶어 서둘러 편지 봉투를 뜯어 보았습니다.

◆ 告白

有一封信送到趙惠家。
這是她在韓國第一次收到信，
會是誰寫信給她呢？
她趕緊打開信封，
想看是信件裡寫什麼內容。

조혜에게 致趙惠

안녕? 나 민수 오빠야.

내 편지 받고 놀랐지?

매일 만나지만 나의 마음을 다
보여주지 못한 것 같아.

그래서 오늘 나의 마음을 담아 너에게 편지를 써.

너를 만난 8개월 동안 정말 기억에 남는 일이 많았어.

좋은 추억 만들어 줘서 고마워.

우리 지금처럼만 계속 예쁘게 사랑하자.

민수가

單字註解

편지 信
(用法：편지를 쓰다/편지를 보
내다/편지를 받다)

받다 收到（↔寄出（보내다）)

놀라다 驚訝

마음 心意

보여주다 展現
(拆解보이다+아/어/여주다)

담다 蘊藏、包含

쓰다 寫
(↔擦拭（지우다）)

만들다 製造
(用法：-을/를 만들다)

사랑하다 相愛
(用法：-을/를 사랑하다)

致趙惠

你好？我是民秀歐巴。

收到我的信很驚訝吧？

雖然我們每天見面，但好像沒有展現出我全部的心意。

所以今天我寫了一封表達內心的信給妳。

跟妳交往的八個月裡，真的有好多回憶。

謝謝妳為我製造美好的回憶。

我們也繼續像現在這樣，繼續相愛吧。

民秀上

導讀
1 是誰寫給誰的信？
2 兩人交往多久了？

重點文法

▶ **動詞+-지만** 雖然 例 그 사람 성격은 잘 모르지만 능력은 좋아요. 雖然不知道那個人的個性，但能力很好。

▶ **動詞+-지 못하다** 不能～ 例 가: 선생님 숙제를 다 하지 못해서 죄송해요.
　　　　　　　　　　　　　　A：老師，對不起沒能完成所有的作業。
　　　　　　　　　　　　나: 괜찮아요. 내일까지 해 오세요.
　　　　　　　　　　　　　　B：沒關係，明天寫完交過來。

▶ **動詞+-(으)ㄴ 것 같다** 好像 例 편지가 이미 도착한 것 같아요. 信件應該抵達了。

▶ **名詞+동안** 期間 例 방학 동안 한국을 여행했어요. 放假期間，我去韓國旅行了。

詞彙學習 & 問答

1 下列為信件的相關照片，請在<보기>中找到相對應的詞彙。

> **보기** EMS(국제우편)　이메일　문자　편지지　우편엽서　크리스마스카드

(1) _____

(2) _____

(3) _____

(4) _____

(5) _____

(6) _____

(1) 電子郵件/이메일　(2) 簡訊/문자　(3) 信紙/편지지　(4) 明信片/우편엽서　(5) 聖誕卡片/크리스마스카드　(6)EMS(國際郵件)/EMS(국제우편)

2 大家有寫過信給朋友或父母嗎？主要都是哪種形式的信件？最近都使用什麼寫信？

3 下列為旅行社團佈告欄的內容，請試著回答以下問題。

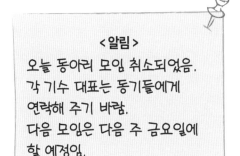

> **<알림>**
> 오늘 동아리 모임 취소되었음.
> 각 기수 대표는 동기들에게
> 연락해 주기 바람.
> 다음 모임은 다음 주 금요일에
> 할 예정임.
> 　　　　　-동아리 회장 정한 씀

(1) 請選出不同於上述內容的句子。
①오늘은 동아리 모임이 없습니다.
②회장이 동아리 회원에게 연락할 것입니다.
③다음 주 금요일에 동아리 모임이 있습니다.
④이 글은 동아리 회장이 썼습니다.

(1)①今天沒有社團聚會。　②會長將會連絡社團會員。　③下禮拜五有社團聚會。　④這篇文章是由社團會長寫的。

文化比一比

20XX년 X월 X일 화요일

나는 고향 친구들에게 이메일로 소식을 전한다.

그것은 한국 사람도 마찬가지이다.

한국 사람들은 명절이나 크리스마스 때도 이메일을 보낸다.

그런데 어느 날 나는 졸업한 선배로부터 예쁜 카드

한 장을 받았다. 그것은 청첩장이었다.

그리고 몇 달 뒤 다른 선배의 청첩장이 우편함에 들어있었다.

한국 사람들은 다른 것은 다 이메일로 보내지만 청첩장은 만나서 주거나 우편으로

주는 것 같았다. 다음에 나도 한국에서 결혼하면 청첩장을 가지고 직접 사람들을

찾아가야 하는 걸까? 참 궁금하다.

20XX 年 X 月 X 日 星期二

我會使用電子郵件傳達消息給家鄉朋友。

這點韓國人也一樣。

韓國人在重要節慶或聖誕節的時候寫電子郵件給朋友。

但某一天，我收到畢業前輩送我的美麗卡片。那是喜帖。

然後，幾個月後，信箱又收到另一位前輩的喜帖。

韓國人其他都用電子信箱寄送，唯獨喜帖會當面或郵寄給人。

之後我在韓國結婚的話，也要帶喜帖直接過去送人嗎？真是令人好奇。

1 大家有收過喜帖嗎？請寫下有關喜帖的趣事並發表分享。

> 例 청첩장 받는 방법, 청첩장의 내용, 청첩장을 받으면 꼭 결혼식에 가야 하는지……
>
> 收喜帖的方法、喜帖的內容、收到喜帖是否一定要去……

2 向他人表達謝意的時候，以前大家都會手寫信送給人，現在都改用電子郵件或簡訊。大家各自的國家也有類似的情形嗎？請寫下自己對表達謝意方法的意見並討論。

	意見	理由
我		
朋友		

1 看圖完成故事。

重點詞彙 연애편지 쓰다

① 민수는 조혜에게 연애편지를 썼어요.

重點詞彙 연애편지 받다

②

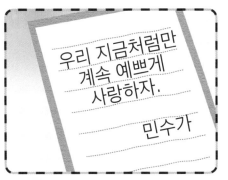

重點詞彙 사랑하다

③

重點詞彙 답장 쓰다

④

2 以寫作方式完成上面的故事。

②조혜는 민수의 연애편지를 받았어요 . 趙惠收到民秀的戀愛告白信。

③민수는 조혜를 평생 지켜 주고 싶어요 . 民秀想要一生守護趙惠。

④조혜는 민수에게 답장을 써요 . 趙惠回信給民秀。

● 該怎麼寫信？

給長輩

> 존경하는 OOO께
> 안녕하세요? 저는 OOO입니다. 건강은 어떠하신지요? ·····················
> ···
> 그럼 이만 줄이겠습니다. 안녕히 계세요.
>
> OOO 올림 / OOO 드림

給朋友

> OOO에게
> 안녕? 나 OO이야. 잘 지내지? ···
> ···
> 그럼 이만 줄일게. 안녕.
>
> OOO이/가

信開頭寫收信人姓名後，下一行打招呼和寫上自己的姓名，問候一下之後再寫主題內文。最後結尾寫上「到此」表示這封信結束，進行結束問候。

● 賀年卡寫什麼內容？

선생님께

지난해 보내주신 관심과 은혜에 감사드리며
희망찬 새해를 맞이하여 선생님의 가정에
幸福(행복)과 安寧(안녕)을 祈願(기원)합니다.

제자 조혜 올림

致老師
感謝您過去一年的關心與恩惠，祈願老師在充滿希望的新年家庭幸福與安寧。

學生 趙惠敬上

賀年卡經常使用的文句	
1. 새해 복 많이 받으세요. 新年快樂。	6. 건강과 행운을 기원합니다. 祝你健康好運旺旺來。
2. 근하신년(새해를 축하한다는 의미) 謹賀新年（祝賀新年的意思）。	7. 새해에도 변함없는 성원을 부탁드립니다. 新的一年也拜託你了。
3. 하는 일마다 행운이 있기를 기원합니다. 祝你每件事都幸運完成。	8. 소원 성취하시기 바랍니다. 祝你夢想成真。
4. 올해보다 더 행복하시기를 기원합니다. 祝你新的一年更幸福。	9. 온 가정에 행복이 가득하기를 기원합니다. 祝你家庭幸福美滿。
5. 지난해 보살펴 주셔서 감사를 드립니다. 感謝你過去一年的照顧。	10. 새해에는 알찬 행복과 기쁨으로 가득하시길 바랍니다. 祝你新年滿滿幸福與快樂。

▶ **請依照示範<보기>寫生日卡片給朋友。**

보기 다영이에게

다영아 생일 정말 축하해^^
앞으로 더 좋은 일만 있길 바랄게.
우리 앞으로도 친하게 지내자.

　　　　　　　친구 조혜가

p.s 내가 준비한 선물이 네 마음에 들었으면
　　좋겠어.^^

_____에게

_____

_____

_____

_____

　　　　　친구 _____가

▶ **要不要一起唱生日快樂歌？**

Tip

一定要寫郵遞區號！

韓國郵遞區號都是五位數〇〇〇〇〇。雖然沒有寫郵遞區號一樣可以到達收件人處，但有寫郵遞區號的信件可以更精準快速抵達。只要知道地址就可以知道郵遞區號。郵遞區號簿可以查詢，或到網路上也能搜尋到。

文化 Q&A

Q 韓國喜帖上最常寫的問候語是？

A 第一個先敘述結婚的季節再來告知對方兩人結婚的喜訊和決心，最後表達婚禮的邀請。像是春天寫的喜帖上常會這樣說：「（關於季節）寒冷的冬天過去，溫暖的春天到來。／（告知喜訊）兩位不懂事的年輕孩子即將結為連理。／（兩人的決心）在遇到困難或辛苦的時候，兩人依然彼此相愛相惜。／（邀請參加婚禮）希望您可以來祝福這兩位新人展開新的人生。」

Q 信封上會寫「귀하貴下」，是什麼意思？

A 在信封上寫收信人姓名的時候，通常會寫「致 OOO、OOO 尊人、OOO 貴下」。需注意的是要在姓名後方寫「귀하貴下」。「貴下」意指敝人寫信給尊貴的您，提高對方的地位。因為是尊敬某一個人，所以不能放在公司或團體名後面。

Q 郵寄信件時，應該要用什麼郵票？

A 郵票依功能，一般可分為郵票、紀念郵票、船運郵票、空運郵票、補票、特別包裹郵票與共用郵票等。郵寄信件時，通常使用郵票，由郵局販賣的基本郵票，根據郵資分不同種類。最近也很常使用空運郵票。空運郵票是使用於空運郵寄，所以價格貴。雖然可以當作一般郵票使用，但也是以紀念郵票為目的發行。

Q 想要知道郵寄物有沒有正確送達，該怎麼查詢？

A 郵局有提供掛號信件及包裹查詢服務。雖然平信郵寄無法查詢，但如果是掛號郵件，利用 13 位的掛號查詢即可。進入 http://www.epost.go.kr 就能查詢郵寄物、包裹和 EMS。另外，也可以利用寄件人的手機號碼或郵局的收據號碼查詢。不過，郵寄物查詢服務僅能查到未滿一年的包裹。

幹嘛買這些？

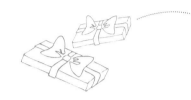

 그의 가족과 친해지기

조혜는 민수의 할머니 회갑연에 초대받았습니다.

조혜는 어떤 선물을 사야 할지 몰라서 다영이와 함께 백화점에 갔습니다.

할머니께 드릴 선물을 산 그녀는 할머니께서 좋아하셨으면 좋겠다고 생각합니다.

◆ 與他的家人親近

趙惠受邀參加民秀奶奶的六十壽宴。

趙惠不知道要買什麼禮物，
跟多英一起去百貨公司。

她希望奶奶可以喜歡她買的禮物。

회갑연을 축하합니다

＊慶祝六十壽宴

회갑연장 입구에서 在花甲宴會場入口

조혜　저기 …… 이거요.

어머니　빈손으로 오지.
　　　　뭐 이런 걸 다 사왔어요?

조혜　할머니 생신 선물이에요.
　　　뭘 사야 할지 몰라서 건강 보조 식품을 샀어요.

어머니　고마워요. 민수 할머니께서 좋아하실 거예요.

조혜　그런데 할머니는 어디에 계세요?

어머니　저쪽에 계세요. 같이 가요.
　　　　민수 할머니께서 조혜 양을 많이 기다렸어요.

조혜　어머니, 말씀 편하게 하세요.

어머니　조혜 양은 말도 참 예쁘게 하는군요.

趙惠　那個……這個給您。

媽媽　空手來就好了，幹嘛買這些？

趙惠　這是奶奶的生辰禮物。不知道要買些什麼，所以買了保健食品。

媽媽　謝謝。民秀的奶奶會喜歡的。

趙惠　請問奶奶在哪裡？

媽媽　在那邊，一起過去吧。民秀奶奶等候趙惠小姐很久了。

趙惠　媽媽，說話可以輕鬆一點。

媽媽　趙惠小姐真會說話啊。

單字註解

회갑 花甲、六十大壽

회갑연장 花甲宴、六十歲生日宴

이거 這個

「이것」的口語說法

빈손 空手

생신 生辰

對年長或尊敬的人稱呼生日的用法

건강 보조 식품 保健食品

계시다 在

「있다」的敬語用法

기다리다 等待

（用法：-을/를 기다리다、-에서 기다리다）

편하다 方便

（↔不方便（불편하다））

導讀　1 趙惠送了什麼禮物？
　　　2 趙惠見了誰？

重點文法

▶ **動詞+-(으)ㄹ 지 알다/모르다** 知道/不知道　例 날씨가 안 좋아서 3시간 안에 도착할지 모르겠어요.
　　　　　　　　　　　　　　　　　　　天氣不好，不知道能不能在三小時內抵達。

▶ **動詞+-(으)ㄹ 거예요** 會（未來式）　例 가 : 하늘이 흐리네요. A：天氣很陰暗耶。
　　　　　　　　　　　　　　　　　　　　나 : 네, 오늘 비가 올 거예요. B：對，今天會下雨。

▶ **動詞+-는군요** 結尾語　例 (아이가 한문을 쓰는 것을 보고) 정말 잘 쓰는군요. (看到孩子寫漢字) 寫得真好。

1 下列為韓國宴禮的相關照片，請在<보기>中找到相對應的詞彙。

> 보기 축의금   약혼식   입학식   잔치   하객   꽃다발(부케)

(1)

(2)

(3)

(4)

(5)

(6)

(1) 入學典禮的照片 (2) 訂婚儀式的照片 (3) 宴會的照片 (4) 生日慶祝的照片 (5) 禮金袋的照片 (6) 花束禮品的照片(부케)

2 下列為趙惠到民秀奶奶六十壽宴後的聊天對話，請試著回答以下問題。

할머니	조혜 양, 와줘서 고마워요
조혜	할머니 ㉠생신 축하드려요
	그리고 초대해 주셔서 감사합니다.
할머니	우리 앞으로 자주 봐요
어머니	다음 달에 ㉡돌잔치가 있는데, 그때도 꼭 놀러 와요
조혜	어머니, 어떤 선물을 준비해야 해요?
어머니	선물은 무슨, ㉢그냥 와요

(1) 劃線㉠是哪一個詞彙的敬語用法？ _____

(2) 劃線㉡是什麼意思？

   ① 첫 번째 생일   ② 두 번째 생일

   ③ 스무 번째 생일   ④ 여든 번째 생일

(3) 劃線㉢是什麼意思？ _____

2(1) 생일的敬語
(2) ①第一個生日 ②第二個生日
③二十歲生日 ④八十歲生日
(3) 就這樣過去就行了，
不需要帶禮物來也沒關係。

文化比一比

20XX년 X월 X일 수요일

11월이면 한국에는 대학 입학시험이 있다.

그래서 선물 가게마다 합격을 위한 선물들을 판다.

오늘 갔던 선물 가게에서는 합격 선물로 엿과 포크,

두루마리 화장지 등을 팔고 있었다.

합격 엿에 대한 이야기는 들었는데 어째서 포크, 두루마리

화장지를 선물로 주는 것일까? 전에 집들이 선물로 화장지를 선물하는

것을 보니 화장지는 행운을 의미하는 것 같았다. 그래서 나는 친구의 생일 선물로 두루마리

화장지를 샀다. 선물을 받은 친구는 웃으며 두루마리 화장지를 선물로 주는 이유를 말해 주었다.

일이나 모든 일이 술술 잘 풀려라는 의미라고 한다. 한국에서 선물의 의미는 정말 다양하다.

20XX 年 X 月 X 日 星期三

11 月是韓國的大學入學考試。

因此,每個禮品店都會販售預祝合格的禮品。

今天去的禮品店有賣麥芽糖、叉子和捲筒衛生紙作為入學合格禮物。

聽過麥芽糖的故事,大致理解,但為什麼會以叉子和捲筒衛生紙作為禮物呢?之前有收衛生紙作為喬遷宴的禮物,大概是衛生紙有幸運的含意。因此,我買捲筒衛生紙送給朋友當作生日禮物,收到禮物的朋友笑著告訴我捲筒衛生紙當作禮物的意思是希望工作或萬事都能順利解決。在韓國,禮物含意真的很多樣化。

1 朋友考試應該要送什麼禮物給他?請寫下有關這類禮物的趣事並發表分享。

> 例 엿, 거울, 휴지, 포크……
>
> 麥芽糖、鏡子、衛生紙、叉子……

2 在韓國,參加宴會的時候要繳交禮金。忙於工作而無法參加的人也會託付朋友轉交。最近也有很多人會改用轉帳支付,也有人會改收米代替現金捐贈給有困難的鄰居。大家各自的國家情形是如何?請寫下關於禮金的繳交與活用方法意見並討論。

	意見	理由
我		
朋友		

160 在當地吃得開!用韓國文化學韓語

總結

1 看圖完成故事。

重點詞彙 회갑연(회갑잔치)

① 조혜는 민수 할머니 회갑연에 가서 할머니 선물을 드렸어요.

重點詞彙 뵙다

②

_____

重點詞彙 라고 말하다

③

_____
_____

重點詞彙 돌잔치에 초대하다

④

_____
_____

2 以寫作方式完成上面的故事。

_____
_____
_____
_____

②조혜는 민수 어머니와 함께 할머니를 뵈러 갔어요. 趙惠和民秀媽媽一起去見奶奶。
③조혜는 민수 할머니를 만나 '생신 축하드려요.' 라고 말했어요. 趙惠見到民秀奶奶,說:「祝您生日快樂。」
④민수 어머니께서 조혜를 다음 돌잔치에 초대하셨어요. 民秀媽媽邀請趙惠下次來參加周歲宴。

情報資訊站

● 韓國有哪些宴會？

생일잔치 慶生宴

生日是指人們出生的那一天。這天會跟親朋好友聚在一起慶祝，邊吃邊享受時光。舉辦慶生宴的人準備食物，受到邀請的人準備生日禮物和卡片。

돌잔치 周歲宴

人出生後滿一歲的生日稱做周歲。這天家人和親戚會聚在一起慶祝孩子的第一個生日。孩子的禮物包括金戒指、金手環和玩具等。

회갑·칠순 잔치 六十·七十壽宴

滿六十歲稱作花甲，滿七十歲稱作七旬。以前認為到六十歲代表長壽，所以超過六十歲會舉辦很大一場宴會，家人、親戚朋友，甚至鄰居都會聚在一起慶生，祝賀生活健康。

● 慶祝結婚紀念日也有特別的活動

은혼식 銀婚宴	祝賀結婚25周年紀念日，彼此送對方銀戒指。
진주혼식 珍珠婚宴	祝賀結婚30周年紀念日，夫妻互送珍珠戒指或項鍊等禮物。
금혼식 金婚宴	祝賀結婚50周年紀念日，彼此送對方金戒指。

► 在周歲宴，孩子抓周的物品有何含意？請依下列圖表和示範<보기>回答以下問題。

種類	含意
線	健康長壽。
鉛筆	聰明會讀書。
錢	賺人錢。
麥克風	成為歌手。
聽診器	成為醫生。

보기   가: 우리 아이는 돌잔치에서 연필을 집었어요.

        나: 정말요? 그럼 **똑똑하고 공부를 잘하겠네요**!

(1)   가: 우리 아이는 돌잔치에서 돈을 집었어요.

     나: 정말요? 그럼 _____ !

(2)   가: 우리 아이는 돌잔치에서 청진기를 집었어요.

     나: 정말요? 그럼 _____!

(3)   가: 우리 아이는 돌잔치에서 _____을 집었어요.

     나: 정말요? 그럼 _____!

(2) 이사가 되겠네요! 미래의 의사예요!
(1) 돈을 많이 벌겠네요! 부자가 되겠네요!

Tip

爺爺奶奶的七旬生日宴

七旬生日宴跟周歲宴一樣，是家人親戚和鄰居聚在一起慶祝的大宴會。
兒子女兒、孫子孫女都聚在一起的場合，相對在更大的地方舉辦七旬生日宴。這天來慶生的人們會唱歌跳舞，一起度過愉快的時光。另外，因為是很特別的生日，也會另外錄影收藏。七旬生日宴結束後，還會給來慶生的人答禮。

文化

Q&A

Q 想要送外國朋友韓國傳統禮物，有什麼推薦？

A 傳統圖紋的筷子或扇子、明信片、書籤因為體積不大、好攜帶，適合作為禮物。還有陶器、穿韓服的娃娃、螺鈿漆器製作的藝術品、韓紙手工藝品也是人氣商品。最近流行寫上韓文字的 T 桖或帽子送禮。

Q 中秋受邀到朋友家，要帶什麼禮物過去好？

A 通常節慶禮物會買套裝禮盒，也會送洗臉用品、罐裝食品、乾製海產物，或韓菓、年糕等傳統食品。如果招待人的家中有年長者，送保健食品也很不錯。

Q 最近有很多放上韓流明星肖像的禮物。哪裡可以買得到呢？

A 想要買到韓流明星肖像的商品，到電視劇拍攝場地是最好的辦法，但如果無法去春川或江原道拍攝地，可以到明洞。明洞是販售當紅韓流明星肖像商品最多的地方。去到明洞，不僅可以買到韓流明星的照片，還有使用照片製作的鑰匙圈、手機吊飾、氣墊粉餅等紀念品。

Q 以商品券作為禮物也可以嗎？

A 最近商品券也是受歡迎的禮物項目之一。商品券不僅輕薄，收禮人又可以直接換購自己想要的禮物，所以現在有很多人會送商品券當作禮物。以商品券為禮物的原因是希望收禮人可以買自己需要的商品，所以不知道收禮人需要什麼商品的時候可以送商品券。商品券種類可分為圖書商品券、百貨公司商品券、皮鞋商品券、大型賣場商品券和傳統市場商品券等。

第20課　為什麼要轉身喝？

 그의 생활 속으로

돌잔치에 가서 민수의 부모님을 만난 조혜.

그녀는 민수의 어머니로부터 초대를 받았습니다.

그 후 그의 집에 가서 어떤 예절을 지켜야 할지, 실수는 하지 않을지,

갑작스러운 초대에 걱정이 됩니다.

◆ 進入他的生活

趙惠參加周歲宴見到民秀的父母，
受到邀請去他家。
她不知道去到他家後有什麼禮節該遵守，
會不會犯錯，對於突如其來的邀請很是擔心。

민수의 집에서 在民秀家裡

아버지　자, 민수야, 한잔 받아라.

민수　네, 잘 마시겠습니다.

조혜　민수 오빠, 왜 몸을 돌려서 마셔요?

아버지　조혜 양은 아직 주도를 잘 모르는군요.

조혜　주도요? 술 이름이에요?

아버지　술 마실 때의 예절을 '주도'라고 해요.
　　　　한국 사람들은 술 마실 때 예절을 중요하게 생각해요.

조혜　오늘 또 새로운 것을 배웠네요.

아버지　허허허, 조혜 양도 한잔 마셔 볼래요?

爸爸　來，民秀啊，接我這唄。

民秀　好的，我會好好享用。

趙惠　民秀歐巴，為什麼要轉身喝酒？

爸爸　趙惠小姐還不懂酒道啊。

趙惠　酒道？那是酒的名稱嗎？

爸爸　喝酒時的禮節稱之「酒道」。
　　　韓國人在喝酒的時候很注重禮節。

趙惠　今天又學到新東西了耶。

爸爸　呵呵呵，趙惠小姐也要來一杯嗎？

單字註解

한잔 一杯

몸을 돌리다 轉身

주도 酒道
喝酒時要遵守的禮節

술 酒

예절 禮節

새롭다 新的

양 小姐
稍微抬高年輕人的地位。女生為「小姐（孃）」，男生為「先生（君）」

導讀　1 民秀喝酒的時候，做了什麼動作？
　　　　2 喝酒時的禮節稱之什麼？

重點文法

▶ **動詞+-겠-** 將會～〔未來式〕　例 (부모님께 용돈을 받고) 고맙습니다. 잘 쓰겠습니다.
　　　　　　　　　　　　　　　　(收到父母給的零用錢) 感謝您，我會好好用的。

▶ **動詞+-네요** 終結語尾，表示感嘆　例 (술 마시는 것을 보고) 한국 사람들은 예절을 중요하게 생각하네요.
　　　　　　　　　　　　　　　　(看到喝酒的模樣) 韓國人真的很注重禮節耶。

詞彙學習 & 問答

1 閱讀下列文句後，排列出喝酒的順序。

(㉣) – ( ) – ( ) – ( ) – ( ) – ( )

> ㉠ 어른이 술병을 들어 술을 따른다.
> ㉡ 나이 어린 사람은 상체를 돌려 술을 마신다.
> ㉢ 어른의 술잔이 비어 있으면 술을 다시 따른다.
> ㉣ 어른께 두 손으로 술을 한 잔 따라 드린다.
> ㉤ 어른이 술을 다 마신 뒤 술잔을 내려놓는다.
> ㉥ 나이 어린 사람은 두 손으로 술잔을 든다.

D 年紀較輕的人會雙手拿起酒杯。 F 年紀較小的人會轉動上半身飲酒。
A 年長者舉起酒瓶，打開酒瓶。 B 年紀較小的人先斟滿長者的酒了，等長輩喝完他的酒。
C 等長者的酒杯空了之後才為長者斟酒。

F-A-B-C-D-E

2 下列為趙惠在民秀家聊天的對話，請試著回答以下問題。

> 어머니　조혜 양, ㉠상 차리는 것 좀 도와줄래요?
> 조혜　　네, 국은 어디에 놓을까요?
> 어머니　밥 그릇 오른쪽에 놓으면 돼요.
> 조혜　　그러면 수저는 어디에 놓아야 해요?
> 어머니　국그릇 오른쪽에 숟가락, 젓가락 순으로 놓으면 돼요.

(1) 請問哪一個與劃線㉠的意思不同？
　①상 만드는 것
　②상을 닦는 것
　③상에 수저를 놓는 것
　④상에 음식을 놓는 것

(2) 請問飯碗、湯碗、湯匙和筷子要擺在桌上哪邊？請試著畫出來。

(2)
③湯匙。　④筷子。
(1) ①湯碗湯匙。　②飯碗湯碗。

文化比一比

20XX년 X월 X일 목요일

한국에서 어른과 술 마시기 너무 어렵다.

처음 한국에 와서 주도라는 것을 배웠는데 주도에는

어른과 함께 술을 마실 때 술잔이 어른에게 보이지 않도록

하는 것이 있다. 그래서 몸을 돌려 술을 마신다고 한다.

그리고 얼마 뒤, 친구의 초대를 받아 친구의 집에서 함께

밥을 먹게 되었다.

친구의 아버지께서 술 한 잔을 주셨다.

나는 주도를 기억하고 몸을 돌려서 마시려고 했다.

그런데 나의 오른쪽에 친구의 어머니가, 왼쪽에는 아버지가 계셨다.

결국 나는 어느 방향으로 몸을 돌려서 마셔야 할지 몰라 술을 마실 수 없었다.

20XX 年 X 月 X 日 星期四

在韓國，和長輩喝酒是一件不輕鬆的事。

第一次來到韓國學酒道，和長輩一起喝酒的時候，酒杯不能給長輩看到。

因此，必須轉身喝酒。過沒多久之後，受朋友的邀請，到朋友家吃飯。

朋友的爸爸給了一杯酒。我記得酒道，所以轉身喝酒。

但我的右邊是朋友的媽媽，左邊是爸爸。最後我不知道該轉向哪裡，所以沒能喝到酒。

1 有跟韓國人喝酒過嗎？請寫下喝酒時的趣事或困難並發表分享。

> 例 술 따르는 방법, 술 마시는 방법⋯⋯
> 倒酒的方法、喝酒的方法⋯⋯

2 在韓國，一次乾杯的「one shot」很常見，但在中國或日本，在酒杯未空前倒酒，稱為「添杯」。大家各自的國家喝酒有什麼禮節嗎？請彼此介紹各自的酒道文化並討論。

	介紹	對於「one shot」的意見
我		
朋友		

1 看圖完成故事。

重點詞彙 웃어른, 술을 따르다

① 먼저 웃어른께 양손으로 술을 따라요.

_____

重點詞彙 양손, 술을 받다

② _____

_____

重點詞彙 고개를 돌리다

③ _____

_____

重點詞彙 술잔을 놓다

④ _____

_____

2 以寫作方式完成上面的故事。

_____

_____

_____

_____

②웃어른께서 술을 주시면 양손으로 술을 받아요．年長者倒酒時，要用兩手接酒。
③술을 마실 때는 고개를 돌려서 마셔요．喝酒的時候，要轉頭喝。
④웃어른이 술을 마신 뒤에 술잔을 놓아요．年長者喝完酒後，再放下酒杯。

● 吃飯時間不能做這些動作！

밥그릇에 숟가락을 꽂으면 안 돼요.
筷子不能插在飯碗裡。

숟가락과 젓가락을 동시에 사용하면 안 돼요.
不能同時使用筷子和湯匙。

양 손으로 숟가락과 젓가락을 사용하면 안 돼요.
不能同時使用筷子和湯匙。

식사 후 트림을 하면 안 돼요.
吃完飯不能打嗝。

식사 중 방귀를 뀌면 안 돼요.
吃飯途中不能放屁。

수저로 음식을 뒤적거리면 안 돼요.
不能用湯匙和筷子攪和食物。

식사 중 소리를 내서 씹으면 안 돼요.
吃飯的時候不能發出咀嚼聲。

식사 중 음식을 털면 안 돼요.
吃飯途中不能彈食物。

이쑤시개를 사용할 때에는 손으로 입을 가려야 해요.
使用牙籤的時候一定要用手遮住嘴巴。

식사 중 나온 뼈나 생선 가시는 다른 사람이 볼 수 없도록 휴지에 싸서 버려요.
吃飯途中，如有骨頭或魚刺，要用衛生紙包好丟掉，不讓其他人看到。

▶ **大家在各自的國家如何吃飯或喝酒？請說出與韓國相同與相異點。**

吃飯

國家	相同點	相異點

喝酒

國家	相同點	相異點

Tip

製造一段愉快的用餐時光！

在韓國，以前要坐在地板上擺桌吃飯，最近大家都住公寓，所以在餐桌上吃飯。這個叫做餐桌文化，全家人聚在餐桌享用美食。大部分的家庭因為忙碌，非用餐時間很難見到面，所以用餐時間是家人聊天享用食物的場合。以前吃飯時不能說話，但現在飲食文化改變了。

Q 跟長輩喝酒的時候，該注意什麼？

A 喝酒的時候很注重酒道，首先要幫長輩的空杯倒酒，倒酒的時候一定要兩手拿酒瓶。還有，長輩倒酒的時候，應該跪膝兩手拿杯接酒。喝酒的時候也要轉身，不能讓長輩看到酒杯。

Q 喝完酒後，何時要倒酒？

A 在韓國，酒杯空的時候要倒酒。杯裡還有酒的話則不倒酒。萬一酒杯還未空，對方想要倒酒，要先把杯裡的酒喝完再接酒。接酒的時候，杯子不傾斜，但啤酒的話，因為有泡沫，可以稍微傾斜接酒。

Q 喝完酒後，吃什麼好？

A 在韓國，通常會吃豆芽菜湯、乾明太魚湯、蛤蠣湯和解酒湯。豆芽菜、乾明太魚和蛤蠣的成分有助於緩解宿醉，會在早上跟飯一起吃。除了湯以外，蜂蜜水、綠茶也有助於快速醒酒，柿子、蘋果和橘子也可以減緩宿醉。韓國也有販賣減緩宿醉飲品，在喝酒前或後，喝黎明、狀態或早晨醒酒飲。在便利商店或超市都能輕鬆買到減輕宿醉飲品。

Q 配在一起吃很好，光看都覺得好吃，韓文稱作「飲食八字合」。有哪些例子？

A 韓國人認為米和艾草是很搭配的食物，所以會做成艾草糕。還有，冬天會喝水正果，加熱松子，可以補足水正果沒有的營養。糯米、紅棗、雞肉和人蔘很合，所以這些材料是蔘雞湯的食材。此外，豬肉和香菇、豬肉和蝦醬都是很搭配的食物，一起吃對身體也好。

第21課　感冒要吃什麼？

 서로의 문화 비교하기

조혜는 다영이와 눈썰매를 타러 갔다가 감기에 걸렸습니다.

지금 조혜는 콧물도 흐르고 열도 납니다.

민수는 어머니께 조혜가 감기에 걸렸다고 말씀드렸더니 어머니께서 생강차와

죽을 해 주셔서 그것을 가지고 서둘러 조혜의 집으로 달려갔습니다.

◆ 彼此文化比較

趙惠和多英一起去搭雪橇，感冒了。
現在趙惠流鼻水發燒。
民秀跟媽媽說趙惠感冒後，
民秀媽媽給了生薑茶和粥，
讓他趕緊帶去趙惠家。

조혜의 집에서 在趙惠家裡

민수 자, 천천히 다 마셔.
어머니께서 아침
일찍부터 준비해 주셨어.

조혜 오빠 이게 뭐예요?

민수 감기에 좋은 생강차야.

조혜 어머니께 감사하다고 전해 주세요.
이거 마시면 빨리 나을 것 같아요.

민수 중국 사람은 보통 감기에 걸리면 무엇을 먹어?

조혜 한국과 비슷해요. 생강차나 국화차를 즐겨 마셔요.

민수 나라는 달라도 비슷한 점이 많네.

民秀　來，慢慢把它喝完。媽媽一大早起來準備的。
趙惠　歐巴，這是什麼？
民秀　有助於治癒感冒的生薑茶。
趙惠　幫我轉告感謝給阿姨。感覺喝完它會好得很快。
民秀　中國人一般在感冒的時候都吃什麼？
趙惠　跟韓國差不多。喝生薑茶或菊花茶。
民秀　國家不同，也有很多相似的耶。

單字註解

천천히 慢
（↔快（빨리））

마시다 喝
（用法-을/를 마시다）

일찍 提早
（↔遲到（늦게））

준비하다 準備
（用法-을/를 준비하다）

생강차 生薑茶
放入生薑泡水製成的茶，有助於治癒感冒

감기 感冒
（得感冒（감기에 걸리다）
↔感冒好了（감기가 낫다））

감사하다 感謝 （=고맙다）

낫다 好

비슷하다 相似
（=類似（유사하다））

국화차 菊花茶

다르다 不同
（=相同（같다））

導讀 1 趙惠哪裡不舒服？
2 感冒的時候喝什麼最好？

重點文法

▶ **名詞+부터** 從～ 例 저는 처음부터 당신을 좋아했어요. 我從一開始就喜歡上你。

▶ **動詞+-(으)ㄹ 것 같다** 應該要～ 例 내일은 여행가는 날이니까 모두 일찍 일어날 것 같아요.
明天是旅行日，大家都應該要早起。

▶ **形容詞+-아/어/여도** 再～也～ 例 아무리 바빠도 당신을 만날 시간은 있어요. 再忙也有見你的時間。

1 下列為與健康相關的照片，請參考<情報資訊站>後在<보기>中找到相對應的飲品並完成連連看。

> **보기** 생강차 매실차 도라지차 포도즙 따뜻한 우유

(1) 감기에 걸리면? · · ①   _____

(2) 소화가 안 되면? · · ②   _____

(3) 목이 아프면? · · ③   _____

(4) 몸이 피곤하면? · · ④   _____

(5) 잠이 안 오면? · · ⑤   _____

(1) 감기에 걸리면? ⑤생강차 (2) 소화가 안 되면? ②매실차 (3) 목이 아프면? ③도라지차
(4) 몸이 피곤하면? ①포도즙 (5) 잠이 안 오면? ④따뜻한 우유 정답

2 下列是趙惠出院後和多英的對話，請試著回答以下問題。

조혜　(㉠)가 안 되는 것 같아.
다영　매실즙 있는데 좀 마실래? 매실즙이 (㉠)에 좋대.
조혜　응, 마셔볼게.
다영　조혜야, 그럼 죽 (㉡) 줄까?
조혜　난 죽보다 국수를 먹고 싶어. 우리 고향에서는 아프면 국수를 먹거든.

(1) 請問括號㉠共同應該填入什麼詞彙？ _____

(2) 請選出適合填入括號㉡的詞彙。
　①볶아　　　②구워　　　③삶아　　　④끓여

(2) ㉠소화 ㉡④끓여
(1) 參考譯文

文化比一比

20XX년 X월 X일 금요일

친구와 함께 놀러갔을 때의 일이다.

친구의 외할머니 집은 산골에 있는데 우리는 그곳에서

며칠 지내기로 했다. 우리는 산 여기저기를 돌아다녔는데

봄이라 벌들이 많이 있었다. 나는 벌집이 있는지 모르고

나무 아래에 앉아 있다가 벌에게 쏘였다. 팔이 점점 부어올랐고

우리는 서둘러 집으로 내려왔다. 그 모습을 보신 할머니는 나의

팔을 잡아 벌이 쏘인 자리에 된장을 바르셨다. 먹는 된장을 팔에 바르다니! 내가 어찌할 줄 몰라

하자 할머니는 된장을 바르고 잠시 있으라고 하셨다. 그리고 몇 분 뒤 부은 팔은 가라앉았다. 된

장이 정말 효과가 있는 것일까?

20XX 年 X 月 X 日 星期五

這是發生在跟朋友一起出去玩的事情。

朋友的外婆家在鄉下，我們決定去那玩幾天。我們到山裡各處走走。春天蟲子很多，我沒想到有
蜂窩，坐在樹木下被蜜蜂螫了。手臂越來越腫，趕緊下山回家。奶奶看到後，抓住我的手臂，在
被蜜蜂螫的地方抹上大醬。吃的大醬抹在手臂上！我不知道該如何是好，奶奶抹完大醬後叫我待
著不要動，結果幾分鐘後，腫脹的手臂消退了。大醬真的這麼有效嗎？

1　體驗過韓國的民間療法嗎？體驗時有發生什麼趣事的話，請寫下來並發表分享。

　　例 감기 걸렸을 때, 머리가 아플 때, 소화가 안 될 때, 다쳤을 때……
　　　　感冒的時候、頭痛的時候、消化不良的時候、受傷的時候……

2　韓國最常見的民間療法是感冒的時候喝生薑茶。大家各自的國家最常用的民間療法是？請
　　介紹後跟朋友討論對民間療法的想法。

	介紹	對「民間療法」的意見
我		
朋友		

1 看圖完成故事。

重點詞彙 감기에 걸리다

① 민수가 감기에 걸린 조혜를 위해 생강차를
준비했어요.

重點詞彙 생강차

② _____

重點詞彙 매실즙, 소화가 잘되다

③ _____

重點詞彙 국수

④ _____

2 以寫作方式完成上面的故事。

_____

_____

_____

②중국에서 감기에 걸리면 생강차를 마셔요. 在中國，感冒的時候喝生薑茶。
③매실즙은 소화가 잘돼요. 梅子汁有助於消化。
④조혜는 아플 때 국수를 먹어요. 趙惠在生病的時候吃湯麵。

● **下列為煮生薑茶的順序。可依順序試著做看看。**

① 生薑洗乾淨後切片。

② 放入同等量的砂糖與生薑一起攪拌。

③ 將生薑倒入密閉容器。

④ 加入大量的砂糖覆蓋到看不到生薑。

① 等待砂糖全部溶化。

① 砂糖全溶化後，舀一匙。

① 生薑放入水裡煮。

① 有助於健康的生薑茶完成了。

● **知道梅子的效果嗎？**

梅子汁液是韓國人長期服用的民間療法之一。初夏時，韓國人都會去摘梅子回來自製梅子汁液，代表它真的很貼近韓國人的生活。梅子汁液可以泡水喝，也可以替代食醋使用。消化不良或肚子痛時，喝梅子汁很有效果。

▶ **依下列狀況，按照示範<보기 >完成對話。**

증 상	민간요법
배가 아파요	매실차
감기에 걸렸어요	생강차
눈이 피곤해요	국화차

증 상	민간요법
목이 아파요	모과차
땀이 많이 나요	인삼차, 오미자차
생리 때문에 아파요	귤껍질차, 인삼차

[보기]　가: 감기에 걸렸어요.
　　　　나: 감기에 걸리면 **생강차를 드세요**. 생강차가 **감기 걸린 데** 좋아요.

(1)　가: 배가 아파요.
　　　나: 배가 아프면 _____.
　　　　　_____이/가 _____ ((으)ㄴ/는 데) 좋아요.

(2)　가: 요즘 땀이 많이 나요.
　　　나: 땀이 많이 나면 _____.
　　　　　_____이/가 _____ ((으)ㄴ/는 데) 좋아요.

(3)　가: 눈이 피곤해요.
　　　나: 눈이 피곤하면 _____.
　　　　　_____이/가 _____ ((으)ㄴ/는 데) 좋아요.

(4)　가: 목이 아파요.
　　　나: 목이 아프면 _____.
　　　　　_____이/가 _____((으)ㄴ/는 데)
　　　　좋아요.

（4）모과차를 드세요. 목이 아픈 데 / 목이 아플 때 모과차가 좋아요. | 請喝木瓜茶。木瓜茶對/在喉嚨痛時很好。
（3）국화차를 드세요. 국화차가 / 눈이 피곤한 데 | 請喝菊花茶。菊花茶對/在眼睛疲勞時很好。
（2）인삼차/오미자차를 드세요. 인삼차, 오미자차가 / 땀이 많이 나는 데 | 請喝人蔘茶/五味子茶。人蔘茶、五味子茶對/在多汗時很好。
（1）매실차를 드세요. 매실차가 / 배가 아픈 데 | 請喝梅子茶。梅子茶對/在肚子痛時很好。

民間療法！知道有幫助！

韓國有很多各式各樣的民間療法。一起來了解更多的症狀和民間療法吧？

症狀	民間療法
皮膚癢的時候	海水森拿浴
眼睛發熱的時候	梨子、梨子汁
噎到和拉肚子的時候	梅子汁

症狀	民間療法
喉嚨有刺的時候	桔梗茶
壓力積累的時候	陳皮茶
身體疲倦的時候	玉竹茶

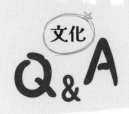

Q 有沒有消除蚊子的好方法？

A 當沒有蚊香時，可以燃燒曬乾的艾草驅蚊。蚊香效果雖然好，但有些人討厭蚊香的味道，所以也會種植物驅蚊。捕蠅草或圓葉茅膏菜等草類植物會抓蟲。另外，還有一種特別的方法。會吸血的蚊子是母蚊子，母蚊子討厭公蚊子拍翅膀的聲音，而不靠近。要不要試一下，下載公蚊子的聲音在手機，睡覺時播放聲音呢？

Q 在韓國，有什麼傳統方法可以抵抗炎熱和寒冷？

A 韓國從以前就有很多方法來抵抗炎熱和寒冷。夏天穿麻或苧麻製成的衣服；冬天在綢衣裡加入棉花或毛。為了避免中暑，韓國人會抱著竹夫人（竹子做成的抱枕）睡覺，或住在通風的韓屋地板。為了戰勝寒冷，使用火加熱炕板，幫助房間地板變溫款，度過一個美好的暖冬。

Q 何時要特別小心感冒？

A 韓國四季分明，每次換季的時候都要小心感冒，尤其早晚溫差大，很容易感冒。冬天和春天之間、春天和夏天之間、夏天和秋天之間，以及秋天和冬天之間，韓國稱作「換季期」。在換季期，白天夜晚溫差大容易感冒。還有，冬天也要小心感冒。冬天患上嚴重的感冒，稱為「流感」。患上流感，會比一般感冒更辛苦好幾倍，一定要去醫院看醫生拿藥，在家好好休息幾天。

Q 從昨天開始，吃下肚的食物消化不良，應該怎麼辦？

A 不要吃太硬、過油或麵粉製成的食物。消化不良的時候，主要吃比較軟嫩的食物，可以喝粥和麥茶。韓國人消化不良的時候會說「체했다」。另有一個民間療法是扎手指，讓身體血液順暢。

辛奇佐料要
怎麼做？

 한국 문화 속으로

맵지만 맛있는 김치.

김치를 좋아하는 조혜는 오늘 민수의 집에서 어머니와 함께 김치를 담글 겁니다. 그녀는 기대되는 마음으로 민수의 집을 향해 걸어갑니다.

◆ 深入韓國文化

辛辣但好吃的辛奇。
喜歡吃辛奇的趙惠今天要在
民秀家跟民秀媽媽一起醃製辛奇。
她抱著期待的心情前往民秀家。

민수의 집에서 在民秀家裡

어머니 김치 담그는 일은 매우
힘든데 괜찮겠어요?

조혜 괜찮아요.
전부터 김치를 한번 담가보고 싶었어요.

어머니 배추는 이미 절여 놨어요. 이제 김치 소만 넣으면 돼요.

조혜 김치 소는 어떻게 만들어요?

어머니 찹쌀 풀에 고춧가루, 새우젓, 생강과 다진
마늘, 각종 야채를 넣고 만들어요.

조혜 김치 소는 어떻게 넣어요?

어머니 배춧잎 한 장, 한 장 사이에 김치 소를 넣으면 돼요.

조혜 이렇게 하면 돼요?

어머니 그래요. 처음치고는 참 잘하네요!

김치를 담그다 醃製辛奇
김치를 만들다 (X)

배추 大白菜

절이다 醃製

김치 소 辛奇佐料

넣다 放入

(用法-을/를 넣다)

찹쌀 풀 糯米糊

糯米粉加水煮成黏稠液體狀

고춧가루 辣椒粉

새우젓 蝦醬

小蝦米灑鹽醃製的醬

다진 마늘 蒜末

생강 生薑

媽媽	醃製辛奇很辛苦的,沒關係嗎?
趙惠	沒關係,很久以前我就很想醃製看看了。
媽媽	大白菜已經用鹽醃製過了,現在只要放入辛奇佐料就可以了。
趙惠	辛奇佐料怎麼做?
媽媽	糯米糊中加入辣椒粉、蝦醬、生薑、蒜末和各種蔬菜製作。
趙惠	要怎麼放辛奇佐料?
媽媽	每一片白菜葉抹上辛奇佐料就可以了。
趙惠	這樣做,對嗎?
媽媽	對,第一次做,算很厲害耶!

導讀 1 他們正在做什麼?
2 為什麼需要辣椒粉、蝦醬等配料?

▶ **形容詞+-(으)ㄴ데** 轉折語氣　例 가: 김치가 좀 매운데 괜찮겠어요? A: 辛奇有點辣,沒關係嗎?
　　　　　　　　　　　　　　　　　나: 네, 괜찮아요. B: 是,沒關係。

▶ **動詞+아/어/여 놓다** 事情做好放著的狀態　例 가: 어머니 생신이 오늘이죠? 선물을 못 샀는데 어쩌죠?
　　　　　　　　　　　　　　　　　　　A: 今天是媽媽的生辰,對吧?沒買禮物,怎麼辦?
　　　　　　　　　　　　　　　　　　　나: 걱정하지 마세요. 선물은 제가 준비해 놨어요.
　　　　　　　　　　　　　　　　　　　B: 不用擔心,我已經準備好禮物了。

詞彙學習 & 問答

1 下列為味道的相關照片，請在<보기>中找到相對應的詞彙。

> **보기**　달다　맵다　쓰다　시다　짜다　담백하다

(1) _____

(2) _____

(3) _____

(4) _____

(5) _____

(6) _____

(1) 辣的味道 (2) 清淡的味道 (3) 鹹的味道 (4) 酸的味道 (5) 甜的味道 (6) 苦的味道

2 有做過韓國料理嗎？請試著分享做料理的經驗。

3 下列為趙惠和民秀媽媽的對話，請試著回答以下問題。

> **어머니**　민수야, 김치 독에서 묵은지 좀 ㉠꺼내 와.
>
> **조혜**　묵은지가 뭐예요?
>
> **어머니**　1년 전에 만들어서 ㉡보관해 놓은 김치예요.
> 　　　조혜 양, 김치 맛 좀 봐요.
>
> **조혜**　와! 맛있어요

(1) 請問劃線㉠的反義詞是？ _____

(2) 請選出與劃線㉡相似的詞彙
① 보호하다　② 저장하다　③ 관리하다　④ 정리하다

(1) 放進去 (放入)
(2) ①넣다 ②저장 ③관리 ④整理

文化比一比

20XX년 X월 X일 토요일

한국에는 김치로 만든 요리가 정말 많이 있다.

김치찌개, 김치전, 김치볶음밥 등이 있는데, 식당에

가면 많이 볼 수 있다. 그런데 어제 김치 그라탱이라는

것을 처음 먹어보았다. 김치로 만든 음식 같아 궁금해서

주문했는데 볶음밥 위에 모차렐라 치즈를 얹어 구운 음식이었다.

김치와 치즈? 주문한 것을 후회했지만 나는 한번 먹어 보기로 했다.

어? 그런데 맛있었다. 부드럽고 고소한 치즈와 매콤한 김치의 맛이 잘 어울렸다.

김치는 어디든지 잘 어울리는 한국 전통 음식임이 분명하다.

20XX 年 X 月 X 日 星期六

在韓國，使用辛奇製作的料理真的很多。

辛奇鍋、辛奇煎餅和辛奇炒飯等，去餐廳都可以看得到。但是昨天第一次吃焗烤辛奇。感覺像是用辛奇製作的料理，所以好奇點來吃看看，原來是辛奇炒飯上面鋪一層莫札拉起司焗烤的料理。

辛奇和起司？點完後有點後悔，但我決定吃一次看看。

喔？竟然好吃耶。柔順又香醇的起司和香辣的辛奇味道，很搭配。

辛奇果然是什麼都很適合搭配的韓國傳統飲食。

1 最近年輕人喜歡混合料理勝於傳統料理。大家有吃過兩三種合併的混合料理嗎？請寫下嚐試的經驗並發表分享。

> 例 치즈 떡볶이, 고구마 피자, 김치 그라탱……
> 起司辣炒年糕、地瓜披薩、焗烤辛奇……

2 韓國人吃鍋或湯種類的時候都是三五好友一起吃，大家在各自的國家裡也會多人共享嗎？請寫下與討論關於吃同一鍋的意見。

	意見	理由
我		
朋友		

1 看圖完成故事。

重點詞彙 김치를 담그다

① 조혜는 민수 어머니와 김치를 담글 거예요.

_____

重點詞彙 김치소, 넣다

② _____

重點詞彙 묵은 김치, 1년

③ _____

_____

重點詞彙 맛을 보다

④ _____

_____

2 以寫作方式完成上面的故事。

_____

_____

_____

_____

②절여 놓은 배추잎 한 장, 한 장에 김치 소를 넣으면 돼요. 將辛奇醬料一片一片放入白菜葉裡就可以了。
③김치를 땅에 묻은 독에 넣고 1년이 지나면 묵은 김치가 돼요. 辛奇放進埋在土裡的甕裡一年後，就會變成辛奇。
④김치 맛을 봤어요. 嚐了辛奇味道。

情報資訊站

● **知道醃製辛奇的順序嗎？**

醃製大白菜 ⟹ 製作辛奇佐料 ⟹ 抹上辛奇佐料

醃製大白菜

① 大白菜洗乾淨後切成2到3等分。
② 10杯粗鹽放入水醃製白菜後再拿出白菜。

③ 用手按壓的時候，大白菜變形的話，拿出來用流水清洗。

製作辛奇佐料

④ 製作辛奇佐料的時候，要選擇結實的蘿蔔，蘿蔔切絲。
⑤ 水芹和蔥也切絲，大蒜和生薑切碎。

⑥ 放入各種醬料（辣椒粉、蒜末、薑末、蝦醬、砂糖）後均勻攪拌，接著放入蘿蔔絲、水芹和蔥等食材一起攪拌。

抹上辛奇佐料

⑦ 醃製過的大白菜放到托盤，從大白菜最下面的葉片開始，每一葉都要抹上佐料。

⑧ 利用大白菜葉片包覆起來，不讓佐料漏出來，並將完成後的辛奇一個一個擺好放進辛奇桶。

▶ 可以使用辛奇製作各式各樣的料理。大家在這之中想吃哪一道料理？請說明理由。

豆腐辛奇　　　　辛奇餃子　　　　辛奇包飯　　　　辛奇炒飯

辛奇煎餅　　　　辛奇鍋　　　　　蒸辛奇　　　　　焗烤辛奇

料理種類	想吃的理由

Tip

認識各式各樣的辛奇種類吧？

在韓國，所謂的辛奇大部分都是指以大白菜醃製的辛奇。不過，除了辛奇以外還有很食材可以做成辛奇，使用小黃做成的辛奇稱為「黃瓜辛奇（오이소박이）」；嫩蘿蔔醃製的辛奇稱作「嫩蘿蔔辛奇（열무김치.총각김치）」；蔥醃製的辛奇稱作「蔥辛奇（파김치）」；韭菜醃製的辛奇稱作「韭菜辛奇（부추김치）」。

文化 Q&A

Q 韓國人都怎麼保存辛奇？

A 以前會裝辛奇到甕裡，並將甕埋進土地裡，因為辛奇接觸到空氣會變酸。辛奇放進甕裡後，要用手按壓排出縫隙的空氣，蓋上蓋子。現在大部分的家庭都會使用辛奇冰箱保存辛奇，因為辛奇冰箱可以維持一定的溫度，減緩辛奇變酸的速度。現在有些鄉下地區的人仍會放進甕後埋進土地裡。

Q 我不能吃辣的辛奇，請問有不辣的辛奇嗎？

A 有的。沒有加辣椒粉的辛奇稱作「白辛奇」，便於不能吃辣的人或小孩吃。有些會使用大白菜製作白辛奇，也會使用蘿蔔製作，另外嫩蘿蔔和小黃瓜也可以做成白辛奇。

Q 有處男辛奇（총각김치），為什麼沒有處女辛奇？

A 處男辛奇（嫩蘿蔔辛奇）的處男不是指未婚男子，以前小朋友頭髮分兩搓綁起來像牛角的樣子，稱作「總角총각（同字不同意）」，嫩蘿蔔或小蘿蔔長得像牛角的樣子，所以被稱作總角辛奇。

Q 聽說辛奇對身體好，有哪些效能呢？

A 辛奇蘊藏豐富的維他命，而且卡路里低，有助於預防與治療成人病。此外，辛奇跟優酪乳一樣擁有有益菌，可以保護腸胃。加入辛奇的辣椒粉也可以幫助消化，大蒜含有抗氧化物質，對健康好。

第23課 誰穿彩色上衣的韓服？

 그의 가족과 보내는 명절

음력 1월 1일 설, 조혜는 민수의 초대를 받아 그의 집으로 가고 있습니다.

그녀는 설이 한국의 중요한 명절이라는 것을 잘 알고 있습니다.

오늘 민수의 친척들이 모두 모인 자리에서 즐거운 하루를 보낼 계획입니다.

◆和他家人一起度過大節慶

農曆一月一日新年，
趙惠受到民秀邀請去他家。
她知道新年在韓國是很大的節慶。
今天預計在民秀親戚們都
聚在一起的場合裡度過美好的一天。

민수의 집에서 在民秀家裡

조혜　저분은 누구세요?

민수　어, 사촌 형수야.
　　　사촌 형의 부인이지.

조혜　저분이 입은 한복 색깔이 정말 예뻐요.
　　　저도 저런 한복을 입고 싶어요.

민수　입고 싶으면 결혼한 후에 입어.
　　　새식시들이 보통 초록저고리에 분홍치마를 입거든.

조혜　그러면 색동저고리 한복은 누가 입어요?

민수　그건 아이들이 많이 입는 한복이야.
　　　색동 색깔에는 아이들의 건강을 기원하는 의미가 있어.

조혜　한복의 색에 그런 의미가 있는 줄 몰랐어요.

趙惠　那位是誰？

民秀　喔，那位是堂哥大嫂。堂哥的夫人。

趙惠　那位身上穿的韓服顏色真的很漂亮。我也想要穿那種韓服。

民秀　想穿的話，要結婚後穿。
　　　因為新媳婦通常會穿綠色上衣搭配粉紅裙子。

趙惠　那誰穿彩色上衣的韓服？

民秀　那個是小孩子最常穿的韓服。彩色蘊藏祝福孩子健康的意味。

趙惠　我都不知道韓服顏色有這種意思。

單字註解

분 位

사촌 堂哥/堂姊

형수 大嫂

부인 夫人

對他人或自己妻子的敬語表達

한복 韓服

새색시 新媳婦

結婚後沒多久的女子

저고리 上衣

韓服上衣的一種

색동 彩色

很多顏色衣料製成的兒童韓服
衣袖布料

색깔 顏色

（=色相（색상））

건강 健康

（건강하다=튼튼하다）

기원하다 祝福、祈願

導讀　1 堂哥大嫂是怎麼樣的人？
　　　2 新媳婦穿什麼樣的韓服？

重點文法

▶ **動詞+-(으)ㄴ 후에** 之後　例 3년 정도 일한 후에 결혼할 거예요. 工作三年左右後結婚。

▶ **動詞+-거든(요)** 結尾語句　例 가: 오늘 집들이에 꼭 오셔야 해요. 음식을 많이 준비했거든요.
　　　　　　　　　　　　　　A：今天您一定要來參加喬遷宴，我準備了很多食物。
　　　　　　　　　　　　　　나: 네, 꼭 갈게요.
　　　　　　　　　　　　　　B：好，我一定會去的。

▶ **있다+는 줄 알다/모르다** 知道/不知道　例 발 밟아서 미안해요. 뒤에 사람이 있는 줄 몰랐어요.
　　　　　　　　　　　　　　　　　　　　　對不起踩到你的腳，我不知道後面有人。

詞彙學習 & 問答

1 下列為節慶飲食的相關照片，請在<보기>中找到相對應的詞彙。

> **보기** 떡국 팥죽 식혜 산적 잡채 삼색나물

(1)　　　　　　　　(2)　　　　　　　　(3)

(4)　　　　　　　　(5)　　　　　　　　(6)

(1) 韓式年糕湯 (2) 韓式串肉/肉串 (3) 韓式雜菜炒冬粉 (4) 甜糯米釀酒 (5) 紅豆粥湯圓 (6) 三色蔬菜拌什錦

2 下列為新年在民秀家聊天的對話，請試著回答以下問題。

아버지	민수야, 윷 가져 와라.
	㉠올해는 조혜 양도 같이 할 수 있겠구나.
민수	네, 조혜에게 윷놀이 방법 좀 가르쳐 주세요.
어머니	식사 먼저하고 하세요.
조혜	어머니, 이 음식 이름이 뭐예요?
어머니	떡국이야.
	떡국을 먹으면 나이를 한 살 더 ㉡먹는다는 의미가 있어.

(1) 請選出與劃線㉠相同的詞彙。

　　① 내년　　　　② 지난해　　　　③ 다음 해　　　　④ 금년

(2) 請選出與劃線㉡相同的詞彙。

　　① 지나간다　　② 많아진다　　③ 마신다　　　　④ 변한다

(2)① 금년 ② 많아 ③ 增加 ④ 變
(1)① 떡국 ② 串肉 ③ 甜酒 ⑤ 紅豆 ⑥ 三色

文化比一比

20XX년 X월 X일 일요일

나는 학교에서 한국의 설은 가족이 모두 모여 즐겁게 보낸다고 배웠다. 그런데 가족이 모두 모이는 것은 맞지만 함께 즐겁게 보내는 것 같지 않았다.

민수 오빠가 윷을 가지고 와서 노는 동안 민수 오빠의 어머니와 사촌 형수는 부엌에서 계속 일만 했다.

예쁜 한복을 입고 하루 종일 부엌에서 음식만 만드는 사촌 형수가 힘들어 보였다.

남자들은 거실에 앉아서 화투를 치면서 놀았다. 거실에서 놀던 나는 미안한 마음에 도우려고 했지만 민수 오빠의 어머니께서는 손님은 일을 하는 것이 아니라고 말씀하셨다. 설에 놀기만 하는 남자들을 보니 너무 불공평한 것 같았다.

20XX 年 X 月 X 日 星期日

我在韓國學到韓國的農曆新年會和家人聚在一起歡樂度過。但雖然是家人聚在一起，但並沒有歡樂度過的樣子。民秀歐巴玩擲柶的期間，民秀歐巴的媽媽和堂哥大嫂一直在廚房裡工作。

穿上漂亮的韓服，一整天在廚房料理的堂哥大嫂看起來很辛苦。男人們都坐在客廳玩花牌。在客廳裡玩樂的我覺得很不好意思，想要幫忙，但民秀歐巴的媽媽說不能讓客人做事。看著新年只會坐著玩樂的男人們，真的太不公平了。

1　大家有穿過韓服嗎？穿韓服舒適嗎？還是不舒適？請發表分享自己穿韓服的經驗。

　　例 옷고름 매기, 치마 입기, 바지 고정하기……

　　　　繫衣帶、穿裙子、固定褲子……

2　在韓國，新年（農曆1月1日）和中秋（農曆8月15日）等的節慶，主婦們因為壓力而患有「節慶症候群」。由於要準備很多食物的負擔，也會頭痛或患有憂鬱症。大家各自的國家也有類似的情形嗎？請寫下並討論關於節慶家事分擔的意見。

	意見	理由
我		
朋友		

總結

1 看圖完成故事。

重點詞彙 사촌 형수

① 조혜는 민수의 사촌 형수를 만났어요.

重點詞彙 색동저고리

②

重點詞彙 윷놀이

③

重點詞彙 떡국

④

2 以寫作方式完成上面的故事。

②아이들은 건강을 기원하는 의미로 색동저고리를 입어요. 孩子穿彩色上衣，祈禱孩子健康。
③명절에 가족들이 모이면 윷놀이를 해요. 大節慶的時候，家人們聚在一起玩櫚杻。
④설날의 대표음식인 떡국을 먹어요. 吃過年代表性食物年糕湯。

● **祭祀擺盤這麼做。**

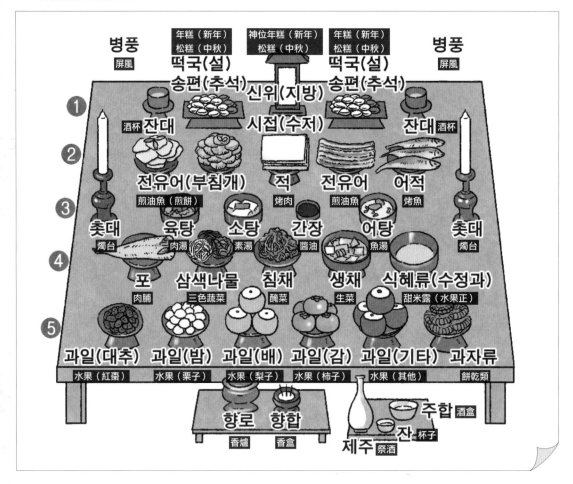

❶ 年糕湯在右邊，酒杯在左邊。

❷ 魚東肉西：從西邊開始依序烤豬肉、烤牛肉和烤魚

❸ 依序為肉湯（肉類的湯）、素湯（豆腐和蔬菜類的湯）、魚湯（魚類的湯），混合湯也沒有關係。

❹ 右脯左醢：最左邊是肉脯，最右邊是水正果。

❺ 棗栗梨柿：從左開始依序為紅棗、栗子、梨子和柿子。

★ 準備祭祀該注意的點：
   不能擺上桃子和鯢魚、白帶魚和秋刀魚等最後一個韓文字為「치」的食物。
   不能使用辣椒粉或大蒜調味。
   有湯的食物只擺湯料。
   不使用紅通通的紅豆，要改用白色穀物。

▶ 學習拜禮的方法

新年拜禮	新年拜禮一般在早上祭祀後進行。接受拜禮的長輩坐的位子要朝向北邊；男生站在東邊，女生站在西邊，拜禮的基本次數是一次。
拜禮的基本禮節	① 兩手交叉重疊。男生左手在上右手在下；女生右手在上左手在下。 ② 手肘不彎曲。 ③ 背部、肩膀和頭低下，脖領不能往下掉。 ④ 坐姿拜禮時，臀部不行抬起來。

男生拜禮的方法

女生拜禮的方法

Tip

知道為什麼年糕湯的年糕是圓形的嗎？

新年吃年糕的意義是以白色食物展開新的一年，擁有新的生活。條狀的年糕模樣蘊藏各種含意。年糕長條狀的原因是希望財產可以一直增加；而將條狀年糕切成圓片，是因為長得像以前的銅錢，希望新的一年財源滾滾。年糕湯又稱作添歲餅，添是「增加」的意思，歲是「歲數」，餅是年糕的意思。因此，吃年糕湯長一歲。

Q 韓國人何時穿韓服？

A 以前的人會穿韓服生活，現在的韓國人只有在節慶或特別的日子穿韓服。主要是在婚禮或家庭宴會時穿。

Q 什麼是生活韓服？

A 生活韓服和傳統韓服的設計沒有太大的不同。傳統韓服顏色和樣式美麗，但穿在日常生活裡很不方便。改善不方便之處而製作的韓服即稱為生活韓服。

Q 夏天也穿長袖韓服嗎？

A 夏天也穿長袖韓服，不過衣料比較涼爽，由通風的麻和苧麻製成。麻和苧麻是使用植物製成的衣料，有一點一點的小洞，不會完全貼在皮膚上，通風涼快，所以穿長袖韓服也不會熱。此外，生活韓服的裙子也比較短。

Q 只有一天需要穿到韓服，哪裡可以租借呢？

A 近年來，網路上有很多韓服租借的店家，網路預約後就可以到店裡試穿租借。另一方法是跟網路購買衣服一樣，確認租借的韓服尺寸後直接宅配。韓服租借價格雖然貴，但現在大家很常使用網路租借，所以便宜很多。首先，到網路上租借韓服的網站上確認後再預約。如果租借地點離家很近，親自到訪試穿再租借是最好的方法。

第24課 收到第一份月薪，通常會做什麼？

 프러포즈

드디어 민수가 취직을 했습니다.

그동안 그는 내색은 안 했지만 솔직히 걱정이 많았습니다.

민수는 이제는 떳떳하게 조혜에게 사랑한다고 고백할 수 있을 것 같습니다.

벌써부터 첫 월급 받을 생각을 하니 민수는 마음이 설렙니다.

◆ 求婚

民秀終於就業了。

這段期間他雖然沒有表現在臉上，
但其實很擔心。

民秀現在終於可以坦蕩地對趙惠告白了。

想到即將收到第一份月薪，

民秀心情很激動。

커피숍에서 在咖啡廳裡

조혜 취직 축하해요.
　　　그동안 고생 많이 했어요.

민수 고마워. 첫 월급 받으면 선물 사 줄게.

조혜 정말요? 한국 사람들은 첫 월급을 받으면
　　　보통 무엇을 해요?

민수 부모님께 빨간 내복을 사드려.
　　　그런데 요즘에는 현금을 드리기도 해.

조혜 그러면 오빠는 첫 월급을 받으면 뭘 하고 싶어요?

민수 우선 부모님께 용돈을 드리고 …….

조혜 그리고, 뭐예요?

민수 아직은 비밀이야.

趙惠　恭喜你就業，這段期間辛苦你了。

民秀　謝謝。收到第一份月薪後，我買禮物給妳。

趙惠　真的嗎？韓國人收到第一份月薪都會做什麼？

民秀　買紅色內衣給父母。不過現在也有人是給現金。

趙惠　那歐巴收到第一份月薪後想要做什麼？

民秀　首先，給父母零用錢，然後……

趙惠　然後什麼？

民秀　這是祕密。

單字註解

취직 就業

그동안 這期間

고생 辛苦

첫 월급 第一份月薪

부모님 父母
　（부모+님）

빨간 내복 紅色內衣
韓國人傳統收到第一份月薪後
最常送的禮物

우선 優先
　（=首先（먼저）

용돈 零用錢

비밀 祕密

導讀
1 趙惠祝賀什麼？
2 收到第一份月薪通常會送什麼禮物？

重點文法

▶ **動詞+기도 하다** 也會（做某件事） 例 요즘 직장인들은 퇴근 후에 자기개발을 하기도 해요.
近年來，上班族下班後也會自我提升。

1 下列為第一份月薪禮物的相關照片，請在<보기>中找到相對應的詞彙。

> **보기** 　내복　현금　금반지　외식　건강검진권　효도 관광

(1) _____

(2) _____

(3) _____

(4) _____

(5) _____

(6) _____

(1) 金色的戒指金反지　(2) 內衣 내복　(3) 現金 현금　(4) 外食 외식 餐廳　(5) 孝道觀光旅遊 효도 관광　(6) 健康檢查卷 건강검진권

2 下列為民秀收到第一份月薪的對話，請試著回答以下問題。

> **상황 1** 민수의 집에서
>
> 민수　그동안 잘 키워 주셔서 감사합니다.
> 어머니　우리 민수가 다 커서 (㉠)으로 선물을 사왔구나.
> 아버지　허허허. 우리 민수 참 대견하네.

> **상황 2** 레스토랑에서
>
> 민수　조혜야, 나 (㉠)을 받았어. 자, 선물.
> 조혜　어? 이거 (㉡) 아니에요?
> 민수　조혜야. 나와 결혼해 줄래? 내가 평생 행복하게 해 줄게.

(1) 共同填入括號㉠的詞彙是？ _____

(2) 請問括號㉡的禮物是什麼？求婚的時候會給的。
　①귀걸이　　②목걸이　　③팔찌　　④반지

文化比一比

20XX년 X월 X일 월요일

대학을 졸업한 선배를 속옷 가게에서 만났다. 반가운 마음에 나는
선배에게 다가가 인사를 했다. 그는 예쁜 여자 속옷을 막 계산하고
있었다. 나는 선배에게 "여자 친구에게 줄 선물이에요?"
라고 묻자 그는 아직 여자 친구가 없다고 했다. 머뭇거리다 그는
첫 월급을 받았다고만 말하고 서둘러 속옷 가게를 빠져나갔다.
한국에서 첫 월급을 받으면 속옷을 사야하는 것일까? 너무 이상해서 고개를 갸웃거리자 가게 점
원이 나를 보며 어머니께 드릴 속옷을 샀다고 말했다.
그리고 한국에서는 예전부터 첫 월급을 받으면 빨간 내복을 선물해 왔다고 알려 주었다.

20XX 年 X 月 X 日 星期一

在內衣店遇到大學畢業的前輩。我很高興地靠過去跟前輩打招呼。

他正在結帳一套很漂亮的女性內衣。我問前輩：「是要買給女朋友的嗎？」他說他還沒有女朋友。

躊躇一會兒後，他說今天收到第一份月薪後就趕緊離開內衣店。

在韓國，收到第一份月薪要買內衣嗎？太奇怪了，當我正歪著頭感到疑惑的時候，店員看著我說
他是在買要給媽媽的內衣。並且告訴我，從很久以前在韓國，收到第一份月薪的話要送紅色內衣。

1　大家在各自國家時，收到第一份月薪會送禮物給父母嗎？都送什麼禮物給父母？請寫下第
　　一次賺到錢買禮物給父母的經驗並發表分享。

　　　例 현금, 옷, 외식……
　　　　　現金、衣服、外出用餐……

2　在韓國，大學生在休學或放學期間準備就業前置作業，如取得各種資格證、語言進修、參
　　加實習等，熱衷於「累積資歷」。大家在各自的國家也是一樣的嗎？請提出意見關於激烈
　　的就業競爭與準備並討論。

	意見	理由
我		
朋友		

1 看圖完成故事。

重點詞彙 취업

① 민수가 취업에 성공했어요.

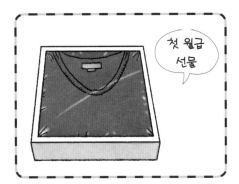

첫 월급
선물

重點詞彙 빨간내복

②

重點詞彙 드리다

③

重點詞彙 프러포즈

④

2 以寫作方式完成上面的故事。

②한국 사람들은 첫 월급을 받으면 빨간 내복을 부모님께 선물해요 . 韓國人收到第一份月薪的時候會買紅色內衣送給父母。
③민수는 첫 월급으로 부모님께 선물을 사 드렸어요 . 民秀用第一份月薪買禮物給父母了。
④민수는 첫 월급으로 반지를 사서 조혜에게 프러포즈했어요 . 民秀用第一份月薪買戒指向趙惠求婚了。

情報資訊站

● **韓國人的第一份月薪都買什麼禮物？**

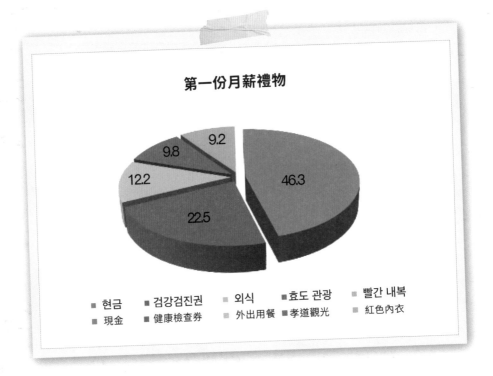

以近期大企業1050名新進職員為對象進行問卷調查，大部分人收到第一份月薪後最想做的事情是買禮物給父母。根據調查結果，最近新世代年輕人的想法和過去沒有太大的不同。問卷調查中，其中一題為想要買什麼禮物給父母，回答依序為現金、健康檢查券、外出用餐、孝道觀光和紅色內衣等。

▶ 閱讀完下列有關最想使用第一份月薪做什麼事情的文章後，依照內容完成下面圖表。

보기 잡코리아에서 취업 준비생을 대상으로 첫 월급으로 하고 싶은 일에 대해 조사하였다. 응답자의 49%가 '부모님 용돈, 선물 드리기'를 가장 하고 싶은 일로 꼽았다. 이는 성별, 학력 등에 상관없이 1위를 차지하였다. 그다음으로 '적금 통장 개설'이 27%, '학자금 대출 및 빚 갚기'가 12%로 나타났다. 또한 '고생한 나를 위한 선물'과 '가족과의 외식'이 모두 동일하게 6%를 차지했다.

JobKorea以就業準備人為對象調查他們想把第一份月薪運用在最重要的事情。49%的應答者選擇「給父母零用錢、送禮物」，不論性別、學歷都是第一位。接下來，27%想「開設儲蓄存摺」；12%是「償還就學貸款及還債」；另外「獎勵辛苦的自己的禮物」和「和家人一起去吃飯」，各佔6%。

▶ 大家在各自國家哩，收到第一份月薪通常會做什麼？

朋友名	國家	相同點	相異點

Tip

跟父母一起去孝道觀光！

最近有很多人收到第一份月薪後會為父母準備一趟孝道觀光，觀賞好山好水，體驗各種有趣的活動，以及享受美食。孝道觀光有時候是父母兩人去，有時候會是全家人一起去。看似家族旅遊，但最重要的主角是父母，所以選擇到溫泉或空氣新鮮的山嶺旅遊。現在也有人會去國外孝道觀光。

Q 韓國大學生喜好的配偶職業是什麼？

A 近期以大學生為對象調查他們偏好配偶的職業是什麼？結果依序為第一名公務員、第二名教師，以及第三名工業職員。此調查結果的配偶職業特徵是安穩且年薪好。已經不存在終生職場的現代，許多大學生偏好安定性高的公務員或公家機關的員工。

Q 收到第一份月薪的時候，大家會買紅色內衣做為禮物的原因是？

A 送紅色內衣並沒有明確的由來，不過穿紅色內衣代表福氣來的意思，所以後來紅色內衣變成第一份月薪裡的首選。從 1970 年代開始，希望父母可以平安健康，很多人選擇紅色內衣做為禮物送給父母，至今仍是。

Q 韓國人收到月薪後都做什麼？

A 收到月薪後會開存摺帳戶。有些人會為了買房或車存錢，有些人則留著結婚準備用。還有一些人會投資於補習班進修、自我開發、興趣生活。也有一些人會給父母。

Q 朋友就業成功，我該送什麼禮物好呢？

A 一般而言，就業禮物有名片夾、包包和萬年鋼筆。進公司後，大家都會有自己的名片，所以需要名片夾，很多會送這個。因為需要帶著文件或筆電上班，所以也很多人需要包包。另外，鋼筆是文件簽名的必備品，所以也有很多人會送鋼筆。另外，也可以送男生領帶或領帶夾，女生則是化妝品或香水。

第25課 結婚日子定了嗎？

 행복한 미래를 꿈꾸며 ……

조혜는 지난 1년 동안 많은 일이 있었습니다.

그녀는 공부를 시작하면서 한국 친구도 사귀고 동아리 활동도 했습니다. 그 중에 가장 행복한 일은 민수를 만났다는 것입니다. 그녀는 민수의 청혼에 정말 기뻤습니다.

오늘 그들은 친구들에게 결혼 소식을 알릴 겁니다.

◆ 幻想幸福的未來

趙惠過去這一年間發生了很多事。

她開始讀書認識朋友，

也參與社團活動，

其中最幸福的事是遇見民秀。

她真的很開心民秀向她求婚。

今天他們要跟朋友們傳達結婚消息。

동아리방에서 在社團辦公室裡

민수 저희 두 사람 결혼하기로 했어요. 축하해 주세요.

정한 정말요? 축하해요. 누가 먼저 좋아한 거예요?

다영 손뼉도 마주쳐야 소리가 난다고, 서로 좋아했겠죠. 그래도 민수 오빠가 프러포즈했죠?

조혜 다영아, 그만해. 부끄러워.

민수 열 번 찍어 안 넘어가는 나무 없다고 하잖아요. 제가 공을 참 많이 들였어요.

정한 결혼 날짜는 잡았어요?

조혜 아직요. 올 가을쯤에 할 생각이에요.

民秀　我們兩個人決定要結婚了。請祝福我們。

正漢　真的嗎？恭喜。誰先喜歡誰的？

多英　孤掌難鳴，一個巴掌拍不出聲響。當然是互相喜歡的。 不過是民秀歐巴求婚的吧？

趙惠　多英啊，別說了，好害羞。

民秀　人家說功到自然成，不是嗎？我費了很多功夫。

正漢　結婚日子定了嗎？

趙惠　還沒有。考慮今年秋天左右。

單字註解

저희 我們

「우리」的敬語表達

손뼉도 마주쳐야 소리 난다 孤掌難鳴

光靠一個人的力量很難完成某件事

그만해 好了

「不要再說下去了」的意思

열 번 찍어 안 넘어 가는 나무 없다 功到自然成

努力說服與自己持不同意見的人，可以讓對方改變心意

공을 들이다 下工夫

付出很多時間和努力

날짜를 잡다 定日子

事先預訂結婚典禮或其他事情的日子（=날을 받다、날을 잡다）

쯤 左右

（=程度（정도））

導讀
1 誰先求婚的？
2 他們決定何時結婚？

重點文法

▶ **動詞+-잖아요** 不是嗎　**例** 가: 정한 씨의 여자 친구가 그렇게 예뻐요?
　　　　　A：正漢先生的女朋友漂亮嗎？
　　　　　나: 글쎄요. 제 눈에 안경이라고 하잖아요.
　　　　　B：不知道，人家不是說情人眼裡出西施嗎。

▶ **動詞+(으)ㄹ 생각이다** 考慮　**例** 내년에 결혼을 할 생각이에요. 考慮明年結婚。

詞彙學習 & 問答

1 請看橫向與縱向提示完成以下空格。

			(가)		
(나)			(4)		
(1)					
					(라)
(2)			(다)		
			(3)		

가로 열쇠

(1) 좋은 어머니이며 좋은 아내

(2) 정이 많고 감정이 풍부함.

(3) 겉으로는 같은 행동을 하면서도 속으로는 각각
　　다른 생각을 함.

(4) 정성이 지극함.

세로 열쇠

(가) 고생을 함께한 아내

(나) 생각이나 느낌을 나타냄.

(다) 마음이 움직임.

(라) 아버지와 어머니

縱向解答：(가) 賢妻良母　(나) 多愁善感　(3) 同床異夢　(4) 至誠感人

橫向解答：(1) 一位好媽媽與好妻子　(2) 情感豐富　(3) 外表一樣作為但內心有不同想法　(4) 非常誠摯

橫向解答：(A) 一起吃苦的妻子　(B) 用語言表現想法或感覺　(C) 心被觸動　(D) 父母親（雙親）

2 下列為民秀和趙惠結婚的話題對話，請試著回答以下問題。

상황 1 동아리방에서

정한　조혜도 결혼하는데, 다영이는 결혼 안 해?

다영　㉠마음은 굴뚝같은데, 남자 친구나 저나 아직 학생이라서요.

상황 2 커피숍에서

조혜　오빠, 우리 행복하게 살아요.

민수　그래, 앞으로 살아가는 데 힘든 일도 많겠지만㉡비가 오나 눈이 오나 우리 함께하자.

(1) 請選出與劃線㉠相同意思的句子。

　①아직 할 마음이 없어요.　　②정말 하고 싶어요.

　③마음에 들지 않아요.　　④하고 싶지 않아요.

(2) 請選出無法替代劃線㉡的句子

　①언제나　　②힘들더라도

　③무슨 일이 없더라도　　④아프더라도

(2) ①非常想　②即使很累　③即使發生什麼事也要在一起　④即使生病也要在一起

(1) ①還沒有想要結婚。　②真的很想結婚。　③不喜歡結婚。　④不想結婚。

20XX년 X월 X일 화요일

어제 정한 선배가 나와 민수 오빠의 결혼 소식을 듣고
축하해 주었다. 고맙기도 하고 조금 미안하기도 했다.
그런데 정한 선배가 슬픈 목소리로 나를 보며 "열 번 찍어
안 넘어가는 나무 없다고 했는데 ……"라고 했다.
나는 무슨 말인지 몰라 다영이에게 물었다.
도끼로 열 번 찍으면 넘어지지 않는 나무가 없다는 뜻이라고 말했다.
나는 갑자기 정한 선배가 무서웠다.
나를 나무라고 생각하고 무서운 도끼로 찍으려고 하는 걸까?
하지만 나는 걱정하지 않는다. 민수 오빠가 나를 지켜줄 테니까.

20XX 年 X 月 X 日 星期二

昨天正漢聽到我和民秀的結婚消息後，祝福我們。雖然很感謝，但也很抱歉。

然而，正漢前輩用悲傷的聲音看著我說：「聽說沒有一棵樹砍了十次還不會倒啊……」

我不知道這句話的意思，於是問了多英。

她說這句話的意思是如果用斧頭砍十次，樹一定會倒。我突然開始害怕正漢前輩了。

把我當作樹木，要拿可怕的斧頭砍我嗎？不過，我不擔心，民秀歐巴會守護我的。

1　大家有聽過俗諺或慣用語表達嗎？請寫下因為俗諺或慣用語表達而發生的趣事並發表分享。

　　例 친구의 말을 잘못 이해했던 일……
　　　　誤解朋友說的話……

2　最近韓國年輕人在結婚之前，認為同居是可以的，因為可以提前了解將來生活一輩子的人是怎樣的人。大家各自的國家是如何想的？請說看看自己對婚前同居的看法並討論。

	意見	理由
我		
朋友		

1 看圖完成故事。

重點詞彙 손뼉도 마주쳐야 소리가 난다

① 손뼉도 마주쳐야 소리가 난다고 민수와 조혜는 서로 동시에 좋아한 것 같아요.

重點詞彙 공을 들이다

②

결혼하고 싶어요.

重點詞彙 마음은 굴뚝같다

③

重點詞彙 눈이 오나 비가 오나

④

2 以寫作方式完成上面的故事。

②민수는 조혜와 결혼하기 위해 공을 많이 들였어요. 民秀為了跟趙惠結婚，花了很多功夫。
③다영이는 결혼하고 싶은 마음은 굴뚝같은데 아직 결혼할 수 없어요. 多英想結婚的心情迫切，但還不能結婚。
④민수와 조혜는 눈이 오나 비가 오나 함께 하기로 약속했어요. 民秀和趙惠約定無論風雨都會在一起。

● 求婚時，在哪裡進行好？

一般而言，求婚會準備花束和戒指，以及預約一個氣氛好的場所。在這裡拿山戒指，說一些求婚的話。有些人會在漢江遊覽船上求婚，有些人會在高級西餐廳裡求婚。最近西餐廳也會幫助求婚者準備驚喜。

촛불 이벤트 蠟燭驚喜

主要在晚上進行。利用蠟燭擺出愛心模樣，點燃漂亮香味四溢的蠟燭，一邊喝紅酒或雞尾酒求婚。活動場所要小心不要釀成火災。

풍선 이벤트 氣球驚喜

雖然求婚的時候也會辦氣球驚喜，但主要使用於生日派對。使用氣球上的字或親自在氣球上寫字祝賀。或者，有些人會在後車廂放禮物、花束和氣球給女朋友驚喜。

야구장 이벤트 棒球場驚喜

棒球場也會幫忙進行求婚活動。雖然可以在棒球場裡求婚，但求婚的時機不多，主要利用棒球場的電子螢幕看板進行告白或求婚。

유람선 이벤트 遊覽船驚喜

也有很多人會在漢江遊覽船上求婚。搭配漢江的夜景與強風，一起聊天坐在安靜的位子吃飯求婚。

N서울타워 N首爾塔

通常會在夜晚的時候在N首爾塔裡求婚。從N首爾塔上眺望的夜景非常美麗，附近也有西餐廳，可以吃完飯後去觀賞首爾夜景，度過一段愉快時光。

청혼의 벽 求婚壁

清溪川的求婚壁是由首爾市管理，一個可以舉辦各種活動和求婚的地方。點入網址（http://propose.sisul.or.kr）後進行活動申請，管理單位不僅能協助，還可以幫忙錄影紀念。

▶ 大家各自國家在求婚的時候會說哪些話？求婚時會送什麼禮物？

國家	求婚說的話	禮物
대한민국	저와 결혼해 주세요.	반지

▶ 假設你要結婚，你想要收到什麼樣的求婚？或你想要怎麼求婚？請整理並寫下想法後分享。

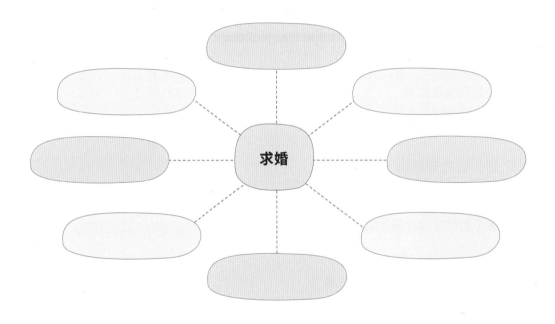

求婚

Tip

在韓國結婚不是一個人的事！

韓國人在求婚後要去女方或男方家裡請求父母的結婚同意。求婚不代表兩人決定結婚，它是為了結婚的開端。在韓國，結婚並不是兩個人的事，結婚蘊藏兩家庭見面的意思。所以，父母若反對兩人結婚，兩人要必須說服父母，偶爾也會有因父母反對而無法結婚的人。

Q 「媒婆半，戀愛半」是什麼意思？

A 以前都是沒有見過面，根據父母的意思進行媒婆結婚。隨時間演變，已經從媒婆結婚變成戀愛結婚了，現在大多都是戀愛結婚。不過，近年來也慢慢有很多人透過媒婆找到符合條件的人，戀愛後再結婚。透過媒婆介紹戀愛再結婚，稱作「媒婆半，戀愛半」。媒婆除了可以是親朋好友之外，也可以請徵婚社周旋介紹，或透過手機APP 認識。

Q 結婚的其他同義詞是？

A 「장가오다」是以女方家的角度，男方過來娶女方回去當妻子；「장가가다」是男生和女生結婚。「시집가다」是女生結婚後成為別人的妻子；「시집오다」是女生結婚後成為妻子。

Q 結婚後的稱呼變了？

A 在韓國，結婚後對父母的稱呼變了。首先，女生對男方父母稱「父親、母親」；男生對女方父母稱「丈人、丈母娘」。

Q 韓國人對跨國結婚的想法是？

A 以前韓國幾乎沒有外國人，他們不覺得跟外國人結婚是好的，而且周遭幾乎找不到跟外國人結婚的人。不過，近年來很多人的想法改變了。隨世界化的社會，與外國文化交流增加，人們之間的交流也越來越多樣化，現在對跨國結婚的想法變得比較正面，而且也越來越多人跨國結婚。多文化家庭增加亦代表「地球村世代」的來臨。

索引

ㅣㄱㅣ

ㅣㄴㅣ

ㅣㄷㅣ

ㅣㄹㅣ

| ㅁ |

| ㅂ |

| ㅅ |